U0109559

飛翔吧, 作文鳥!

長庚國小3-2班創作故事

96上班親會參與家長

96下班親會參與家長

兒童文學作家──方素珍女士蒞臨3-2班

方阿姨欣賞我們畫的畫作及以欣的簽名畫

大家爭相與方阿姨合照

方阿姨看我們讀她的著作

大家爭相找方阿姨簽名——方阿姨的簽名好漂亮喔!

方阿姨！我們這組還沒照呢！

鐘校長介紹方阿姨

方阿姨有獎徵答

方阿姨有獎徵答──我好幸運被選上

大鳥老師頒發感謝狀謝謝方阿姨

繪本花園半日遊活動結束大家合照

世界上最長的書

世貿書展演出相聲前,先繞會場宣傳廣告一下!

吸引人山人海觀眾圍觀

直笛表演結束接著說相聲

我們先表演直笛吹奏

王子與公主及識途老馬　　　　　　　打草驚蛇

直笛表演

我們登上國語日報（97.2.18.星期一）

馬上就印給你一本新書——秀威資訊科技有限公司印書全自動化

蚊子電影院「1公升的眼淚」演出盛況

城鄉交流長興參訪活動合唱泰雅歌謠

送禮的時候最高興，送的、收的都高興

愉快的長興之旅留下難忘記憶，再見了！

王老師代表贈送長興學童營養早餐經費

泰雅紋面青年達利表演吹奏口簧琴

達利與眾美女合影

長興房主任頒贈感謝狀

我們與長興小朋友一起玩泥塑

萬聖節活動前置作業──佈置教室

我們得到97年3月小桃子徵文佳作獎（與校長合影）

容安媽媽晨光時間說故事

我們得到97年12月小桃子徵文佳作獎（與校長合影）

遨遊於創作的殿堂──飛翔吧！作文鳥

　　語文深耕是本校教學活動的要項之一，藉由教師群對話研討而設計多元的活動，引領孩子閱讀與悅讀，因為我們深信：閱讀是學習的基石，更可藉由閱讀拓展學習的深度與廣度進而與世界接軌。因此教師們個個莫不費盡心思設計教學活動，希望閱讀成為孩子們的習慣及生活中不可或缺的要件。

　　大鳥老師（彩鸞老師）就是在這樣的信念之下，帶領著小鳥們（三年二班）一起遨遊於創作的殿堂，尤其孩子們升上三年級之後，在國字學習的量、語文語詞的應用與欣賞方面，與低年級相比較，質與量皆有很大的差異，然而大鳥老師有效的運用家庭聯絡簿，讓孩子們從50字的短文開始練習，去除了對寫作的恐懼感，並藉由各類的活動豐富孩子的生活經驗，讓閱讀與寫作自然而然的成為他們生活的一部分了。

　　家長的熱情參與讓教學活動發揮了加乘的效果，從邀約作家到校與學生面對面的接觸、參與打蚊子電影院活動、忙著籌劃石頭湯與萬聖節活動……等等，讓我好生羨慕與由衷的感謝，因為忝為學校大家長的我，衷心期盼的就是親師同心合作，讓你我成為教育最佳合夥人，這樣的想法在三年二班實現了，讓孩子在創作的道路上一點都不寂寞。

　　大鳥老師的班級經營中，將閱讀寫作指導與日常的生活做了緊密的結合，並將孩子們這一年來的創作集結成書，讓我們可

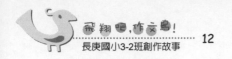
以走入孩子最純真無邪的世界，分享他們的喜怒哀樂，對孩子而言這本書的出版只是個起點，因為大鳥已為他們開啟一扇創作的門，正敞開雙手歡迎小鳥的到來，小鳥們！奮力鼓動你的雙翅，盡情的遨遊於創作的殿堂，飛翔吧！作文鳥。

鐘月卿
寫於長庚國小2008. 5. 20
（此文作者為長庚國小校長）

我能做什麼？

　　96年8月成為這群孩子的導師開始，我就一直在思考：「我能為他們做點什麼？給他們什麼樣的童年生活及學習成長方式？」我不敢說要成為他們生命中的貴人，但最少我必須讓他們有一點不一樣的童年回憶。我想起自己國小四、五年級的導師---蔡旭明老師，因為他去說服媽媽讓我補習讀書，因而改變了我的人生。如若不然，今天我應該是農村婦女，每天張羅柴米油鹽醬醋，生活沒有文學、沒有音樂，只有電視劇和做不完的家務事。所以我很慶幸自己遇到生命中的第一個貴人，而我是否也能帶給這群孩童什麼不一樣的人生呢？

　　我很慶幸在自己釐清思緒之後，找到自己能著墨及努力的方向——帶領他們寫作，獲得小鳥們的支持和家長的大力協助，我是世界上最幸運的老師了！剛開始每天利用晨光時間要他們寫五十個字的短文，順便教他們如何作文？如何寫日記？剛好配合我們的聯絡簿充分發揮功能。另外三年級推展的成語閱讀教學，也一併加進來；國語課本的段落分析和寫法都成為我們作文教與學的資料，可說是運用既有教材、題材來練習寫作文，所以也不會覺得功課趕不完，教學作文還算「游刃有餘」，小鳥們寫出來的文章更是讓人覺得欣慰，雖然仍然有若干缺點需要改進，但是作文也不是能馬上有立竿見影的成效，還是得從「多讀、多看、多聽、多寫」著手，他們有這樣的成就已經很厲害！很了不起了！

　　今年2月開始我就著手整理這本書，把要展現的篇章先確定下來，再從活動及小鳥的作品中尋找資料。因為一開始我便以創作及影像來呈現3-2班的特色，所以資料的取得倒不是很困難，平常就有在寫在做，只是怎樣把這些文章變成有系統、有邏輯、有脈絡可循，可真是煞費苦心，而且一再更改，不滿意就刪、就改，到今天我也不敢說是已經完成，但是已經要截稿了無法再改了，所以就這樣吧！（我們還會再接再厲繼續出第二本、第三本所以可以留待以後更進步！）

　　這本書書名到現在也尚未確定，先開始我訂為「天堂鳥的故事——3-2班教與學的故事」後來又改為「小鳥學飛——3-2班教與學的故事」上星期五（5月16日）我請小鳥們來腦力激盪設計一個響叮噹的書名出來，下課時只有幾個人交卷他們告訴我還要回家想，下星期一再交給我，好吧！大家回家努力再想想！不夠交來的作品當中其中有一篇我很喜歡，那就是邱伯政設計的「飛翔吧！作文鳥」我超喜歡的，他把作文和我們班的特色「天堂鳥園」結合在一起，讓人一看就知道是「作文」，柏政這個書名取得真有創意。（後來他說是品嘉先想出來的）

　　這本書其實也沒有什麼學問，只是把我們上課的內容和大鳥、小鳥寫出來的文章彙編起來而已，有一點像「石頭湯」的分享。第一篇介紹小鳥、大鳥；第二篇紀錄親師生活動；第三篇是把我們上課學作文的點點滴滴寫出來；第四篇是小鳥們的作品；第五篇是大鳥的補充說明。另外還有一點特別的地方就是我們這本書有「有獎徵求『找碴高手』」還有稿費可以領喔，所以小鳥

們要認真看這本書喔！還且還要告訴其他的好朋友去買我們的書，然後努力閱讀找出錯誤來領取稿費。

　　當導師我能做什麼？我能做的就是這些，我希望小鳥們有一個快樂和不一樣的童年，當你長大成人結婚、生子、事業有成時，把這本書拿出來看一看，回憶一下96年、97年我們在長庚國小3-2班的那段美好時光，一定會覺得很幸福、很滿足。

　　這本書能如期完稿、出版要感謝的人實在太多，首先是3-2班所有的小鳥們，你們努力的寫文章，讓我們這一本書成為十萬字的大部書，功勞不可埋沒（功不可沒）；其次是所有的家長，你們努力督促孩童寫文章並如期交來；再來就是頂熱心的家長像以欣媽媽、以平媽媽、容安媽媽、佑佑媽媽、鄭宇爸媽、夢霖爸媽、心盈媽媽、俊賢爸媽、孫齊爸媽、珈妤爸爸、涵榕爺爺奶奶爸爸媽媽、芸柔爸媽、子昂媽媽、沅程媽媽……。因為有大家的加油打氣我才能把這本大書整理出來。最後最要感謝的是以欣媽媽、以平媽媽、佑佑媽媽、容安媽媽，還有其他有樂捐班費的所有家長和小鳥們，您們的愛心讓我們的夢想能成真，就讓我們一起飛翔吧！作文鳥！

　　當然也要感謝鐘校長的支持與鼓勵，還有余主任的加油打氣！秀威資訊科技股份有限公司的世玲小姐也一併謝謝喔！

大鳥於文化鳥園 2008. 05. 18

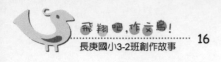

目 錄

第一篇

小作家擺 Pose

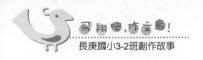
🐦 壹、小鳥騷首弄姿

（註：以上照片是96年8月30日開學當天在大操場拍攝）

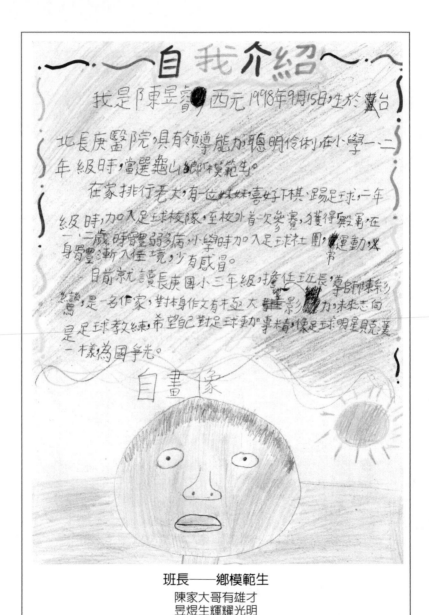

～～自我介紹～～

我是陳昱睿,西元1998年9月15日,生於台北長庚醫院,具有領導能力,聰明伶俐,在小學一二年級時,當選龜山鄉的模範生。

在家排行老大,有一位妹妹,喜好下棋、踢足球,二年級時,加入足球校隊,至校外首次參賽,獲得殿軍,在一、二歲時身體多病,小學時加入足球社團,運動後身體漸入佳境,少有感冒。

目前就讀長庚國小三年級,擔任班長,導師陳彩鸞,是一名作家,對我身作文有十亞大的影響力,未來志向是足球教練,希望能對足球更加專精,像足球明星貝克漢一樣為國爭光。

自畫像

班長──鄉模範生
陳家大哥有雄才
昱煜生輝耀光明
睿智領導真領袖

風紀股長──校模範生

呂家大姐愛音樂
以後想當音樂家
平安享受作曲樂

賴姿蓉

大家好我叫賴姿蓉,也可以叫我蓉蓉,我是家中的次女,每天都讓我很高興。

我最喜歡爸爸,因為爸爸非常搞笑、有趣、好玩,每次總是讓我「開懷大笑」,我在家裡常常看書、畫圖,我的早餐不可能是不營養的食物。

我的星座是天秤,血型是B,最愛吃的東西是水果,跟我爸一樣有點搞笑,常東忘西忘的,有點健忘。

我的介紹到此結束,謝謝大家。

副班長──賴姿蓉

賴家小妹頂健忘
姿態大方又端莊
蓉蓉美麗愛撒嬌

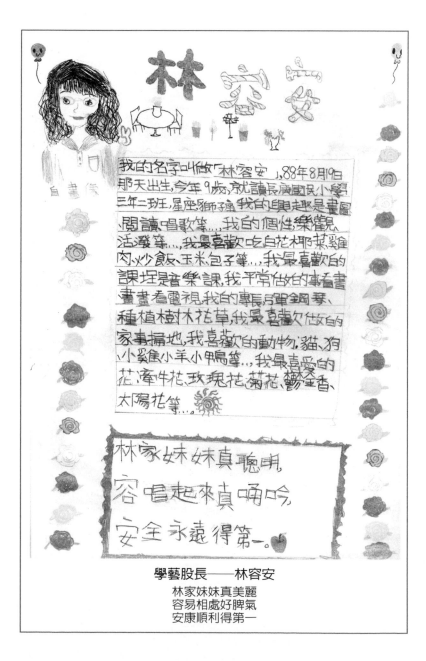

我的名字叫做「林容安」，88年8月19日那天出生，今年9歲，就讀長庚國民小學三年二班，星座獅子座，我的興趣是畫圖、閱讀、唱歌等…，我的個性樂觀、活潑等…，我最喜歡吃白花椰菜、雞肉、炒飯、玉米、包子等…，我最喜歡的課程是音樂課，我平常做的事看書、畫畫、看電視，我的專長彈鋼琴、種植樹木花草，我最喜歡做的家事掃地，我喜歡的動物：貓、狗、小雞、小羊、小鴨等…，我最喜愛的花：牽牛花、玫瑰花、菊花、鬱金香、太陽花等…。

林家妹妹真聰明，
容唱起來真嗯哼。
安全永遠得第一。

學藝股長──林容安

林家妹妹真美麗
容易相處好脾氣
安康順利得第一

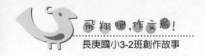

三年二班　　檢　　鄭宇

長庚國小

我是鄭宇，我的血型是B型，我的興趣是打躲避球，
我的專長是打身躲避球，我出生於3月12日，我也喜歡玩
電腦、打籃球、踢足球和打躲避球和兵兵球，我的家住在
桃園縣龜山鄉長庚村333號1樓，我爸爸叫做鄭健家
我的媽媽叫做廣穗莉。

菜鳥擺POS

體育股長──鄭宇
鄭家有位帥哥哥
宇宙廣闊展雄風

蘇○○嘉

自我介紹：

大家好，我的名字是蘇○○嘉，我的興趣：溜直排輪，專長是：扯鈴，星座：天蠍座，我讀的國小：長庚國小，我讀的班級：三年○班。

我在學校參加的社團：英語、扯鈴，在班上我是衛生股長，不過大家都每次一到掃時，大家還是坐在位子上，一定要我不停的叫他/她們才去掃，當衛生股長不只有這些工作，還有好多事情要做，要看大家有沒有打掃乾淨，和記得到自然，還真辛苦。

在班上我的朋友有很多人都是我朋友，如：班璇、小平、過榕、巧翊和組取，都是我的朋友，在班上我也是大家的開心果，當有人心情不好時我就會講笑話來逗他/她們開心，當然開心果有時候也會有心情不好的時候，當然我的好朋友也會逗我開心，還有我最喜歡的是：美術和音樂課，因為可以畫很多作品和可以學很多首曲。

我的心得是：實這篇作文讓我知道我有這麼多優點。

我的自畫像

衛生股長──蘇品嘉
蘇家妹妹愛搞笑
品學兼優管家婆
嘉言勸世稱班寶

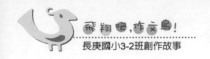
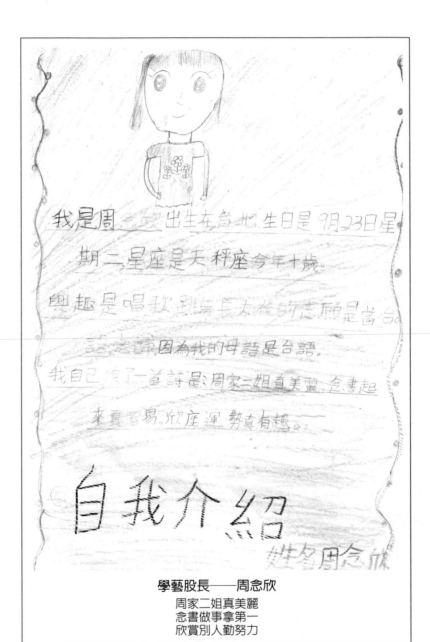

我是周○○出生在台北,生日是9月23日星
期二,星座是天秤座今年十歲。
興趣是唱歌,我班長大後的志願是當台
語老師,因為我的母語是台語。
我自己作了一首詩是:周家二姐真美麗,念書起
來真容易,欣賞運勢真有趣。

自我介紹

姓名周念欣

學藝股長——周念欣
周家二姐真美麗
念書做事拿第一
欣賞別人勤努力

自我介紹 呂俊賢

　我是就讀三年二班座號是2號，興趣是樂高、足球和畫圖，專長畫圖和足球，星座是雙魚座而血型是O型。

　我從林口長庚出生，我是歐洲的，生是88年3月17日，我的個性很內向，我的數學能排前好，語文能加很好。

　我建議大家，只要做好自己，不要學別人的缺點，保持記的優點，做你學別人的缺點的話，別人可能會喜歡你。

自畫像

衛生股長──呂俊賢

呂家有位大哥哥
俊秀斯文有禮貌
賢明能幹心算強

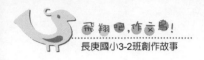

我的名字叫張子昂，

我最喜歡畫畫、看書、聽音樂……
我最不喜歡寫英文、數學、社會。
我最喜歡的水果有仁桃、水蜜桃……甜的
我最不喜歡的蔬菜有紅蘿、芹菜。其
我的專長是畫畫、做美勞……

張家有雙胞兄弟
子昂子軒長得像
昂首闊步向前行

風紀股長──張子昂

張家有雙胞兄弟
子軒子昂長得像
昂首闊步向前行

我的名字是張孫齊，出生於民國88年/3月/9日。

我喜歡打電動、踢足球、打籃球，也很喜歡小動物。

我最喜歡的是狗。我們家有養魚和狗，我家的

已經生出來好多好多的小魚我們都很高興！

酷小子──張孫齊

張家哥哥武藝強
孫子兵法勤磨練
齊家治國平天下

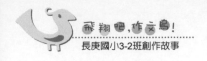

曾家的小女妹妹真可愛
心小青劍小夾身體健康
盈盈美女年年有盈食余

我叫曾心盈，家住長庚醫護社區，有爸爸、媽媽、姐姐和我共四人。我今年10歲，現在就讀長庚國小三年二班，在班上是潔牙小天使。我的興趣是跳舞，每週二、五我會和姐姐一起去舞藝術，學了3年了，學校的才一表演和7-11的活動媽媽都有演出，我希望成為舞蹈家，也想成為全宇宙最傑出的舞蹈家。我的星座是雙魚座是個活潑的人，心小青都很劍小夾就如爸爸。

說的巧平凡的小好氣怎麼心曙神怡慧蘭質盈盈有禮起美女。

潔牙小天使──曾心盈

曾家小妹真活潑
心胸開朗好體魄
盈盈美女小富婆

簡家有位小妹妹,東畫西塗愛做美勞,以電腦為最大的興趣,每天可以做出好幾幅圖像香蕉巧克力貓,生日,油漆…等,我還喜歡看書,因為閱讀可以增廣見聞和豐富人生,我喜歡巧克力,牛奶…等等的乳製品我都超級愛吃!

凡欣賞我的作品的老師常常稱讚呢!

(我會一點的日語啦!)

快樂小天使──簡以欣

簡家小妹真可愛
以畫圖為第一愛
欣慰作品得第一

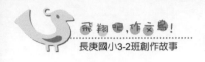
許沅程

大家好我是長庚國小三年二班的外星人許沅程,我的興趣是打籃球、畫畫和打電腦遊戲,我的星座是巨蟹座,我的血型是A型,我的生肖是兔子,我喜歡的動物是拉不拉多犬,因為牠小時候很可愛,長大時又巨大,去溜狗時會感覺很威風。

思考小精靈——許沅程

許家哥哥講義氣
沅源流長好脾氣
程式解開真高興

吳佑翔

本名:吳佑翔.｜年紀:九歲半.｜生日:民國八十八年二月二十四日.｜小名:木由子、臭龜.｜興趣:打躲避球、踢足球、跟狗狗玩遊戲.｜專長:弓單金鋼琴、養魚、爬山.｜夢想:週休五日,上學二日.｜終極夢想:一年只上一次學,而且當時我們都免錢.｜出國經驗會一次,去新加坡,最快樂的輯在聖陶沙海邊摸到粉紅色的蝦和牠合照,是我最難忘的回憶.

快樂精靈──吳佑翔

吳家弟弟意氣昂
佑我平安又健康
翔飛藍天展壯志

大家好!我是叫蔡思賢。我出生於87年9月4日。我的興趣:畫畫,修玩具

,別人都叫我小畫家。我的星座:處女座,我最喜歡的運動:騎腳踏

車,我長大以後想當一位畫家幫人畫畫,因為看到各種風景把

它畫下來可以拿來讓大家欣賞,是一件開心的事。

大畫家──蔡思賢

蔡家哥哥長得壯
思緒綿密繪畫棒
賢賢愛耍小脾氣

哲學家──蔡孟霖

蔡家哥哥戴眼鏡
孟母三遷找環境
霖霖博學有長進

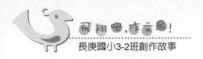

小畫家——趙尉豪

趙家哥哥人清秀
尉藍天空任翱翔
豪氣萬千人稱讚

耍寶精靈──邱柏政

邱家哥哥愛耍寶
柏松梅竹四君子
政經八百真好笑

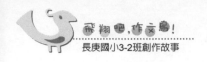

吳東翰

我的名字叫吳東翰，出生日
期是97年7月13日我的興趣
是打電腦、玩玉米、專長是
踢足球喔！

翰林小子──吳東翰

吳家弟弟愛打球
東南西北傳不停
翰林小子學問博

我的姓名是 陳聖哲,我喜歡玩電腦和看電視,我的興趣是畫畫,因為我喜歡一些卡通人物,所以常常會畫他們,我的優點是上課很專心聽講,下課回家後會自動把功課做完,除此之外假日喜歡騎腳踏車、玩水,也喜歡交朋友。

科學家──陳聖哲

陳家有位小兄弟
聖賢能幹會跑步
哲理清晰真科學

快樂小幫手──游博宇

游家哥哥心地好
博覽群書愛幫忙
宇宙隨便我飛翔

演說家──馬傑齡

馬家大哥講義氣
傑出人才要努力
齡牙利齒得第一

認真小天使──周倢妤

周家大姐真漂亮
倢出優秀樣樣精
妤妤美麗又認真

莊涵榕

　　我的生日是 88年1月8日，我是魔羯座，我十二生肖屬虎，我的興趣是做各種運動，我的血型是 ○ 型，我最喜歡吃的蔬菜是馬鈴薯、番茄，我最喜歡吃的水果是芭樂，我最喜歡做的事是玩電腦，我的專長是拉小提琴、彈鋼琴。

自畫像：

可愛小天使──莊涵榕

莊家妹妹好脾氣
涵養心性琴藝強
榕榕可愛又端莊

作者自我介紹

　　我叫陳玟妤就讀長庚國小三年二班，我喜歡的是畫畫、做美勞、收集貼紙；我的個性害羞，但卻很喜歡交朋友。我最近的煩惱是蛀牙，帶牙套超難過的。唉！想當牙科醫生是美齒寶寶呢！從今以後我一定要按時勤刷牙跟蛀牙說bye-bye。

可愛小天使──陳玟妤

陳家妹妹手真巧
玟章會寫圖會畫
妤妤嬌小又可愛

自我介紹　姓名:郭珈妤

我叫郭珈妤,今年10歲,星座是射手座,血型B型,生日87年11月27日,興趣畫畫,專長彈鋼琴、拉小提琴,我的爸爸在三峽工作,媽媽則是在長庚醫院上班,我平常喜歡爸爸帶我去公園玩,等到了吃飯時間,奶奶就會煮很好吃的菜,有時候就會煮一些我禧歡吃的菜,不過我還是最喜歡奶奶煮得菜。

乖巧小天使──郭珈妤

郭家有位好姐姐
珈減乘除樣樣會
妤妤比賽得第一

潘家又生個小姑娘，
芸朵落下小娃娃，
柔道松切夫盡聞名。

前面這 幾句是我對自己的自我介紹
「潘家生個小姑娘是指我姓潘，第二
句是指我愛玩小娃娃，第三是指我我會功
夫。
　我還有其它興趣，像畫畫、唱唱歌、遊
泳，非常多，至於專長，是唱歌、舞
蹈，出生年月日是：96/3/26。

小雞精靈──潘芸柔
潘家姐姐愛看書
芸芸眾書任我讀
柔柔細細好脾氣

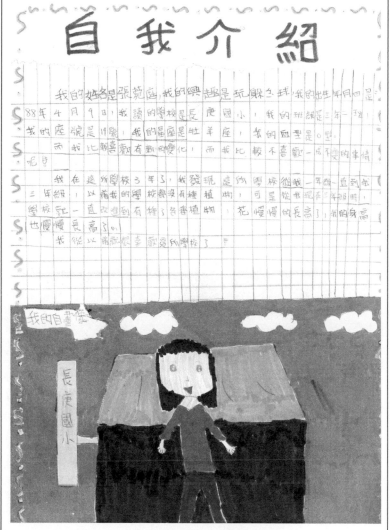

自 我 介 紹

我的姓名是張菀庭，我的興趣是玩躲避球，我的出生年月日是88年4月9日，我讀的學校是長庚國小，我的班級是三年一班，我的座號是11號，我的星座是牡羊座，我的血型是O型。而我比較喜歡有點變化，而我比較不喜歡一層不變的事情呢！

我在這所學校3年了，我發現這所學校他從我一年級一直到年三年級，以前我的學校都沒有種植植物，可是從我讀三年級時學校從一直改造到有種的各種植物，花慢慢的長出了，我的身高也慢慢長高了。

我從以前就很喜歡這所學校了。

微笑小天使──張菀庭

張家姐姐好標緻
菀爾微笑傾眾生
庭庭認真又美麗

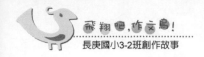

自我介紹

大家好我叫「洪茹翊」出生日
期90年11月19日我今年11歲。
庚國小三年二班。喜歡的食物西瓜、
興趣畫畫畫、游泳、就讀長
菜、水、果、火龍果、草莓。優點是
、缺點生氣。最快樂的事全家出國玩
、最討厭的事功課。故世最討厭的
食物茄子。

洪茹翊

吉祥小天使──洪茹翊
洪家妹妹真可愛
茹意吉祥保平安
翊翊熱心好快樂

天堂鳥──陳彩鸞

陳家大姐愛作夢
彩色天堂任翱翔
鸞鳥飛來報佳音

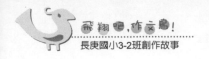
貳‧大鳥婀娜多姿

傳說中，天堂鳥是終生圍繞太陽的鳥類，特殊且艷麗，是自由與幸福的象徵。然而，鳥兒沒有腳，只好不斷飛翔。最後鳥倦知歸，植根於土，化為獨特且為人注意的天堂鳥花。（以天堂鳥自比，期望能為大家帶來自由與幸福）

❤ 姓名

陳彩鸞（鸞字下面是一隻鳥，不要寫錯喔！）

❤ 生日

42年11月28日　射手座

❤ 出生

嘉義縣中埔鄉深坑村（典型閩南人組成之農村）

❤ 生長環境

純樸的鄉姑，老師說情得以讀書

四十年代出生於嘉義縣中埔鄉一個鄉村農家，父親三代單傳，人口單薄農事繁忙，我是家中長女，煮飯洗衣打柴耕種除草挑擔樣樣來，練就我一身硬朗身材。世代務農勤儉奮鬥，母親本

不願我繼續升學，幸好！小學導師蔡旭明老師極力說服媽媽，終於在有條件的原則下同意我就讀升學班，奠定我往後求學基礎。蔡老師對學生的教育愛及精神，讓我對老師的工作有一份憧憬及夢想。

求學過程

愛好文學，念念不忘教育

民國五十五年以優異成績畢業於同仁國小並考上嘉義女中初中部，一個鄉下女孩上都市讀書求學發生很多有趣糗事，猶如劉姥姥進大觀園，最令我著迷的是嘉女有一座藏書豐富的圖書館，我每天沈浸在浩瀚的書海文學領域裡，想著如果我能當一位作家實在也很好。

初中畢業同時考上嘉女高中及嘉義師專筆試階段，後來嘉義師專複試我被刷下來，便理所當然就讀嘉義女中，繼續悠游中外文學。高二時一位國文教師喜好文學，引導我們寫作投稿，我的作文常被老師拿來朗讀給同學聽，先後投幾篇文章也被錄用，我便一直做著「作家」的夢。

六十一年大學聯考以五分之差落榜，媽媽說留家裡耕田吧！我的求學路中斷，每天跟著爸爸媽媽上山工作，心無大志，日了也還過得不錯。

七十一年就讀省立台北師範專科學校幼進班、幼教專班。七十五年幼二專畢業。八十年就讀台北市立師範學院幼兒教育學系。八十三年取得幼兒教育學士學位。

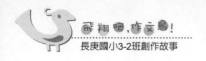

▼ 家庭狀況

家人聚少離多，感情血濃於水

結婚三十數年，外子基層公務人員，育有二子，皆已立業，老大尚未成家（正在努力尋找他人生的伴侶）小兒94年底結婚95年添丁，我從媽咪升格當奶奶。因職務關係，我一直在外奔波，家人聚少離多，感情血濃於水。

▼ 工作經驗

眾裡尋他，原來教育才是最愛

曾在電子工廠當過女工、餐廳女老闆、擺地攤販賣服飾；托兒所保育員、安親班教師、幼稚園教師、園長；幼稚園幼教業務承辦人……，為了生活餬口不得不做，但心裡一直不斷吶喊著：「什麼是最有價值的工作？職業？志業？事業？」最後發現教育才是我的最愛，也才覺得工作有意義。

▼ 學歷

1. 55年嘉義縣中埔鄉同仁國小畢業
2. 58年嘉義女中初中部畢業
3. 61年嘉義女中高中部畢業
4. 72年省立台北師範專科學校幼教進修班結業
5. 75年省立台北師範專科學校幼稚教育科畢業
6. 83年台北市立師範學院幼兒教育學系畢業取得幼兒教育學士學位

證照

1. 台北市幼稚園教師證書
2. 桃園縣政府托兒所所長結業證書
3. 台灣省偏遠地區合格教師證書
4. 台灣省特殊學校合格教師證書
5. 台灣省一般地區合格教師

社團經驗

1. 耕莘青年寫作會會員、理事
2. 桃園縣文藝作家協會會員、理事
3. 桃園縣幼兒福利協會幼教師生閱讀推廣委員會主任委員
4. 佛光山中華總會桃園教師分會會員、秘書

經歷

1. 67年至68年考選部臨時約雇人員
2. 69年至70年私立宏德托兒所教師
3. 70年至71年私立實踐幼稚園教師
4. 71年至74年私立斌斌幼稚園教師
5. 74年至78年在家從事國小課輔
6. 78年至84年私立玫瑰幼稚園園長
7. 81年至84年台北市立古亭托兒所保育員
8. 84年至87年桃園縣龜山鄉大崗國小附設幼稚園教師兼園長

9. 87年至90年借調桃園縣政府教育局學管課、特教課承辦桃園縣幼教業務

10. 90年轉任偏遠國小教師分發桃園縣復興鄉長興國小，擔任教導主任工作，兼辦教學與行政業務。

11. 93年平鎮民大學社區影像讀書會帶領人（此課程96年改為社區影像讀書會種子教師培訓）

12. 94年卸下長興國小教導主任職務，擔任四年級導師

13. 94年台北市立圖書館文山分館兒童影像讀書會帶領人

14. 95年轉任龜山鄉長庚國小，擔任教務組長工作

15. 96年龜山幼教協會親子共讀種子教師培訓講師

16. 96年卸下長庚國小教務組長職務，擔任三年二班導師

17. 96年擔任新楊平社區大學、中壢社區大學影像讀書會帶領人

18. 96年擔任新楊平社區大學教師聯誼會會長

榮耀

1. 77年榮獲耕莘青年寫作會散文組佳作獎

2. 87年榮獲桃園縣國中小學教師幼教組特殊優良教師

3. 87年榮獲台北市立師範學院「愛與榜樣」傑出系友教學類優等獎

4. 94年於平鎮市民大學所帶領之「社區影像讀書會」榮獲全國社區大學優良課程評選社團類優良課程優等獎

5. 97年元月榮獲全國社區大學社大10年優良教師獎

6. 97年4月新楊平社區大學影像讀書會課程榮獲教育部非正規學分課程認證通過。

著作（一）

《沐浴春風》

民86年任職大崗國小附幼，透過當時蔡校長春惠女士的鼓勵及各位家長的支持，其中任職中央警察大學的家長林登松，慨然以文拓出版社出版《沐浴春風》一書，作為家長讀書會教材。本書乃收集自民國60、70、80年代陸陸續續發表於國語日報、大華晚報、中央日報、台灣新生報、桃縣文教等報章雜誌之文章，將其收集整理成《沐浴春風》一書。

著作（二）

《來看電影》

民九十四年五四文藝節，響應桃園縣文藝作家協會楊理事長提出之「自費圓出書夢」邀約，彙整93年平鎮市民大學社區影像讀書會成果資料編印出書，由秀威資訊科技股份有限公司出版，此書獲新竹師院教授推薦，為優良讀書會參考資料，並銷售到海外成為研究社大發展參考資料。

著作（三）

《人生如戲》

94年平鎮市民大學社區影像讀書會暨社區服務活動紀錄及心

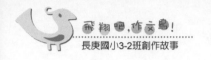

得，由秀威資訊股份有限公司出版，此書於九十五年十一月份出版，同樣由秀威資訊科技股份有限公司出版行銷。

著作（四）

1. 〈記「桃園縣幼教師自我成長營讀書會」〉，《桃縣文教》
2. 〈愛與關懷——記公私立幼稚園幼兒親子運動大會〉，《桃縣文教》
3. 〈閱讀的喜悅〉，《桃園週刊》，91.10.14
4. 〈美腿山下〉，《桃園集粹》，21集
5. 〈紅刺撥的童年〉，《桃園集粹》，22集
6. 〈樂當社大花婆婆——社大甜美學習〉，社區大學全國促進會，97.01.09

教育理念

1. **勤**——「一勤天下無難事」、「勤能補拙」
   不論是教師教學、學生學習以勤為根本，努力教書、讀書，不斷進修涵養專業知能及技巧，期待為學生提供更合適更美好服務。

2. **智**——「**慎思明辨、省思分析、果決明斷、協調溝通**」
   處處學習處處皆學問。教育行政鉅細靡遺如何有效管理有效運作須靠智慧來判斷；諸如教學教材的選擇、課程的安排、學校行政事務的推動、教師的進修、人事物的溝通協

調在在考驗一個人的智慧，如何以最經濟有效的方法達到學校教育目標，乃是教育行政人員應有之素養與責任，所以應隨時培養自己成為有智慧、有魄力、肯負責、敢擔當的全方位教育人員。

3. **愛——愛是推動教育成功的雙手**

在愛的環境中教與學是人生最大的享受，「愛」是值得終身學習的素養與精神。教師要具備教育愛，對教育保持熱情，以笑容面對天真可愛的學生，讓他們在快樂的學習環境中學習成長，培養活潑樂觀、積極進取、穩健自信的特質，營造優質人生。因為有愛，教師樂於付出，因為有愛，學生樂於學習。因為有愛，教學能夠相長，因為有愛，師生一起成長。

對小朋友的期許

1. 認真學習。
2. 快樂成長。
3. 培養聽、說、讀、寫、作能力。
4. 養成自動自發學習精神。

獎勵

比馬龍效應：掌聲給得越多，表現越棒！

我是一隻美麗的天堂鳥

展翅翱翔在藍天

嘴銜「閱讀」小種子

努力尋找播種的沃土

撒下……

澆灌……

抽芽……

時間在廊簷響起

天堂鳥花昂揚挺立

吐露芬芳！久久！

參‧閱讀老師和同學

閱讀老師和同學──我是倢好	
我的老師	陳彩鸞是個很會寫作的老師，而且連他數學也一級棒。雖然老師外表可怕，而且很兇。但是內心其實很善良。陳彩鸞老師真是個好老師。
我的好朋友	姿蓉、以平、以欣、珈妤、容安
我最喜歡的老師和朋友	彩鸞老師、椏芬老師、亭霏老師、正宏老師 姿蓉、以平、以欣、珈妤
同學的專長	姿蓉：畫圖、看書，她畫的圖總是栩栩如生，讀書也是一級棒 以平：拉小提琴，她拉出來的音樂很悅耳動聽
同學的優點	姿蓉：畫圖很漂亮、寫字端正、愛看書 佑翔：球打得好、跑步快、愛運動
我自己看自己	我覺得自己只要快樂去面對事情，就一定能做得好，但是如果對自己要求太高，一做錯就生氣，那件事就永遠做不好。所以我覺得自己要當個快樂的小孩。
同學看我	1. 上課很專心（珈妤） 2. 想法很棒、會欣賞他人（姿蓉） 3. 畫圖很棒呦！（以欣）

閱讀老師和同學——我是聖哲	
我的老師	大鳥老師可以教我們很多知識
我的好朋友	東翰、孫齊、沅程、思賢、傑齡、俊賢
我最喜歡的老師和朋友	亭霏老師 東翰、孫齊、沅程、思賢、傑齡、俊賢
同學的專長	東翰：很會跑步、很會丟球／傑齡：很會演戲、很會運動
同學的優點	傑齡：會幫助別人
我自己看自己	我覺得自己跑步很快、寫字很整齊、有科學家的精神
同學看我	1. 跑步很快（東翰） 2. 會打球（傑齡） 3. 跑步很快（思賢）

閱讀老師和同學——我是邱伯政	
我的老師	陳大鳥：非常老、非常可怕，可是卻是一位作家
我的好朋友	昱睿、佑翔、東翰、思賢、沅程、聖哲、品嘉、鄭宇
我最喜歡的老師和朋友	東翰、思賢
同學的專長	鄭宇：很會打球／思賢：很會畫畫
同學的優點	昱睿：考試都得第一名，頭腦靈光又聰明。
我自己看自己	很會打球、很會畫畫、很會看書
同學看我	1. 很會畫畫，愛搞笑（昱睿） 2. 很會打球（思賢） 3. 愛搞笑（東翰）

閱讀老師和同學——我是佑翔	
我的老師	鄭家興主任：他的專長是足球，他教我們踢足球，讓我們更強 陳彩鸞：她的專長寫文章
我的好朋友	孟霖、尉豪、俊賢、班長、東翰、沆程、孫齊、聖哲、鄭宇
我最喜歡的 老師和朋友	孟霖、尉豪、俊賢、班長、東翰、沆程、孫齊、聖哲、鄭宇 陳彩鸞老師、鄭家興主任
同學的專長	班長、東翰、孫齊都很會踢足球
同學的優點	班長考試很好
我自己看自己	我覺得自己的成績有點不好
同學看我	1. 跑步很快、躲避球很厲害（姿蓉） 2. 跑步很快、很聰明、愛耍寶（昱睿） 3. 踢足球很會守門，跑步也很快（東翰）

閱讀老師和同學——我是品嘉	
我的老師	大鳥老師、鄭涵老師、郭郭阿姨
我的好朋友	以平、茹翊、涵榕、昱睿
我最喜歡的 老師和朋友	茹翊、涵榕、昱睿郭 郭阿姨、鄭涵老師、大鳥老師
同學的專長	昱睿：足球／以平：拉琴
同學的優點	涵榕：大方、功課好、做文好 容安：很會畫畫、愛看書、很大方
我自己看自己	我很搞笑
同學看我	1. 愛搞笑、熱心助人、大方（以平） 2. 愛搞笑、很開朗（昱睿） 3. 很愛搞笑（俊賢）

閱讀老師和同學——我是鄭宇	
我的老師	大鳥老師：作文很好、寫字很漂亮
我的好朋友	以平、東翰、昱睿、孫齊
我最喜歡的老師和朋友	東翰 大鳥老師
同學的專長	東翰：足球
同學的優點	東翰：打躲避球
我自己看自己	體育很好
同學看我	1. 跑步很快、體育很好（東翰） 2. 很會打球（念欣） 3. 很會打球（孫齊）

閱讀老師和同學——我是珈好	
我的老師	陳彩鸞老師，專長：寫作文
我的好朋友	容安、念欣、涵榕
我最喜歡的老師和朋友	陳彩鸞老師 容安、涵榕、念欣
同學的專長	容安：畫畫；涵榕：運動
同學的優點	涵榕：字漂亮／容安：畫圖很漂亮
我自己看自己	我覺得自己很會畫圖
同學看我	1. 畫圖很美（容安） 2. 很會寫數學（涵榕） 3. 畫畫很可愛（念欣）

閱讀老師和同學——我是以平	
我的老師	鄭涵老師：好脾氣 妙雪老師：好脾氣、很會教書
我的好朋友	心盈：大方、熱心助人、很會跳舞 子昂：可愛、會和別人分享 姿蓉：上課專心、字體端正
我最喜歡的 老師和朋友	陳彩鶯老師：作文好 周念欣：功課好、作文好
同學的專長	昱睿：很會寫作文／容安：畫畫
同學的優點	昱睿：大方、功課好、作文好，有班長的味道 容安：很會畫畫、愛看書
我自己看自己	作文好、字體端正、愛看書
同學看我	1. 很大方、熱心助人（品嘉） 2. 寫字美麗（念欣） 3. 品學兼優的同學（以欣）

閱讀老師和同學——我是容安	
我的老師	陳彩鶯老師，專長：寫作文
我的好朋友	珈妤、涵榕、倢妤、心盈、以平
我最喜歡的 老師和朋友	陳彩鶯老師 珈妤同學
同學的專長	珈妤：畫畫／涵榕：看書、拉小提琴
同學的優點	以平，平靜、乖巧／涵榕：寫字漂亮
我自己看自己	我覺得我很乖、很聽話
同學看我	1. 寫的字好漂亮（珈妤） 2. 很會畫畫（涵榕） 3. 很會畫畫（念欣）

閱讀老師和同學——我是念欣	
我的老師	陳彩鸞老師，專長：寫作文
我的好朋友	以平、容安、珈妤、涵榕、心盈
我最喜歡的老師和朋友	陳彩鸞老師 以平、容安、珈妤、涵榕、心盈
同學的專長	珈妤：**畫畫**／涵榕：**運動**／容安：**畫畫**
同學的優點	容安：畫圖很美／涵榕：運動好、字美麗／珈妤：畫畫可愛
我自己看自己	很開心但沒有運動精神
同學看我	1. 跑步很快（珈妤） 2. 字很漂亮（涵榕） 3. 畫畫很可愛（容安）

閱讀老師和同學——我是思賢	
我的老師	陳彩鸞：很會寫作文 育仁老師：很會用電腦、很會打棒球 廖亭霏老師：知道很多自然的事情
我的好朋友	東翰、聖哲、孫齊、伯政、昱睿、鄭宇、沅程、俊賢、孟霖、尉豪、心盈、佑翔、博宇、品嘉
我最喜歡的老師和朋友	子昂、東翰、尉豪、心盈、傑齡、聖哲
同學的專長	孟霖：很會畫古時候的東西／柏政：很會打球 東翰：很會踢球／孫齊：守球
同學的優點	尉豪：很會畫龍／鄭宇：跑得快／聖哲：跑得快
我自己看自己	很會畫畫、修玩具、發明玩具
同學看我	1. 很會畫畫（東翰） 2. 很會修玩具（聖哲） 3. 很會發明玩具（孫齊）

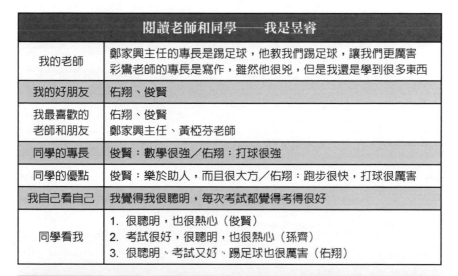

閱讀老師和同學──我是昱睿	
我的老師	鄭家興主任的專長是踢足球，他教我們踢足球，讓我們更厲害 彩鸞老師的專長是寫作，雖然他很兇，但是我還是學到很多東西
我的好朋友	佑翔、俊賢
我最喜歡的 老師和朋友	佑翔、俊賢 鄭家興主任、黃椏芬老師
同學的專長	俊賢：數學很強／佑翔：打球很強
同學的優點	俊賢：樂於助人，而且很大方／佑翔：跑步很快，打球很厲害
我自己看自己	我覺得我很聰明，每次考試都覺得考得很好
同學看我	1. 很聰明，也很熱心（俊賢） 2. 考試很好，很聰明，也很熱心（孫齊） 3. 很聰明、考試又好、踢足球也很厲害（佑翔）

閱讀老師和同學── 我是孫齊	
我的老師	鄭家興主任的專長是足球，他會教我們踢足球
我的好朋友	東翰、聖哲、俊賢
我最喜歡的 老師和朋友	鄭家興主任 佑翔、俊賢、東翰
同學的專長	俊賢：數學很強
同學的優點	俊賢樂於助人，而且很大方、善良
我自己看自己	跑步很快，打球很強
同學看我	1. 跑步很快，打球很厲害（昱睿） 2. 跑步很快（聖哲） 3. 跑步很快，接球也很好（東翰）

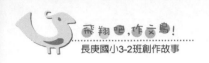
閱讀老師和同學——我是玫好	
我的老師	鄭孟喬老師很會彈鋼琴
我的好朋友	芸柔、子昂、菀庭
我最喜歡的老師和朋友	鄭孟喬老師 芸柔、菀庭
同學的專長	芸柔：畫畫／菀庭：游泳
同學的優點	芸柔：愛看書、會跟別人分享東西
我自己看自己	很會畫畫、身高很矮
同學看我	1. 嬌小玲瓏、很可愛、很會畫畫（芸柔） 2. 很靈活、字很漂亮、小小的很可愛（菀庭） 3. 字很漂亮、很會畫圖（子昂）

閱讀老師和同學——我是菀庭	
我的老師	蓮老師：這是我以前安親班的老師，他現在在一家咖啡廳工作呢
我的好朋友	子昂、玫好、茹翊
我最喜歡的老師和朋友	孟喬老師、莉文老師 子昂、玫好
同學的專長	子昂會作美勞／芸柔愛畫畫
同學的優點	容安寫字漂亮／班長數學很好
我自己看自己	很靈活、很害羞、愛游泳
同學看我	1. 很聰明，有領導者的樣子（芸柔） 2. 很聰明，品學兼優（以欣） 3. 寫字很漂亮（玫好）

閱讀老師和同學——我是俊賢	
我的老師	尹莉文老師：她是一位很善良的老師，還會數學、國語、社會、 　　　　　　自然…… 陳彩鸞老師：她是一位作家也是一位老師非常擅長國語和作文
我的好朋友	昱睿、佑翔、思賢、聖哲、尉豪、東翰、孫齊
我最喜歡的 老師和朋友	彩鸞老師、孟喬老師、莉文老師 昱睿、佑翔、東翰
同學的專長	昱睿：很會搞笑／孫齊：很會畫圖
同學的優點	昱睿：幫忙同學／以平：很會寫詩
我自己看自己	我是一位會幫助同學成績很好的人
同學看我	1. 考試好，樂於幫助別人（孫齊） 2. 成績好，會幫助別人（昱睿） 3. 很聰明（東翰）

閱讀老師和同學——我是東翰	
我的老師	鄭家興主任他的專長是踢足球，他教我們踢足球、守門和守球 陳彩鸞老師教我們很多知識
我的好朋友	思賢、聖哲、昱睿、孫齊、柏政、鄭宇、佑翔、傑齡
我最喜歡的 老師和朋友	廖亭霏老師 孫齊
同學的專長	思賢：畫畫
同學的優點	孫齊：跑步很快，寫字也很漂亮，功課和考卷都很好
我自己看自己	我覺得自己跑步的速度很快，字寫得還不錯
同學看我	1. 跑很快（思賢、聖哲） 2. 跑很快（孫齊） 3. 會打球（傑齡）

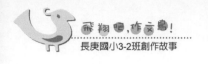
 肆‧3-2班班規

＊

ℒ飛。

ℤ飛，飛。

ℂ小鳥，大鳥。

ω三年級，第二班。

☺笑口常開，人人喜愛。

♪ 上學不遲到，放學快回家。

♣ 端端正正坐好，有健康沒煩惱。

◈ 閱讀書報二十分，累積知識考高分。

♡ 我是爸媽心肝寶貝，我是老師寶貝心肝。

Ω我們用影像記錄生活，以生花妙筆學習成長。

★同學相親相愛互相幫助，親師攜手共創美好未來。

♨三年二班實在有創意有詩意，三年二班真正不簡單不簡單！

å歡迎大朋友小朋友來三年二班參觀小鳥和大鳥組成的鳥家庭å

2007.08.30 大鳥銜草小鳥翻滾製作完成

第二篇

親師生樂融融

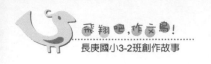

壹·未謀面的接觸——網路留言

給親愛的3-2班小朋友及各位爹地媽咪：

　　大家好！我是3-2班導師陳彩鸞，也就是上學期擔任你們閱讀課的彩鸞老師，還記得我嗎？當我知道擔任3-2班的導師時，我就好高興，很想留言告訴大家，但因我一直在嘉義鄉下種田及在台北帶我的小孫子，這兩個地方都是網際網路比較不方便使用的地方，所以就無法順利傳送我的訊息。好不容易回到桃園想好好跟大家聊一聊，不巧！我的電腦不跟我配合，壞掉了！還好，我趕緊帶我的電腦去看電腦醫生，那個電腦醫生很厲害，幫我把電腦裡面的資料都救活起來了，不然我就很慘，很多寶貴的資料都要再重新建立，而更重要的是有些資料，像你們的筆記資料可能丟掉了就永遠無法再找出一樣的了，今天晚上終於把電腦修好，帶回文昌二街我住的地方，所以我迫不及待的就趕快想寫信給大家，我親愛的3-2班小朋友及各位爹地媽咪！

　　想到要當導師我又興奮又緊張，距離開學日子越來越近，我就越緊張，常常想到晚上睡不著覺，我以前一直當幼稚園園長和老師，在國小擔任導師也只是三年的經驗，而且那是在桃園縣的復興鄉，每一個班只有五到六位同學，大家圍在一起就可以上課了，現在要擔任一班三十位同學的導師，我真的有點緊張呢！一直在想要用什麼樣的方法做開場白或是見面禮？教室要怎麼佈置

才會像一個溫暖的家？小朋友！老師居然比去參加考試還要緊張呢，小朋友你們可不可以幫忙想一想，我們的教室要怎麼佈置才好呢？我希望能有小朋友提出建議喔！

後天——8月30日星期四就要開學了，要記得來上學喔！那天要發新書，所以請同學帶一個空的書包及餐盒就可以了，還有那一天我們要上課上到下午四點二十分才放學，你們二年級時星期四是上課半天吧，現在你們長大了，升上三年級了，所以要多讀一點書，星期四下午要上課，記得喔！

老師的留言可能有一些同學沒有注意看到，請看到的同學大家告訴大家好嗎，告訴大家星期四要開學了，要記得來上學喔！

留言時間：2007.08.28 23:21

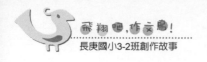

 貳‧班親家長會———老師的十二樣見面禮

> **3-2班班級經營計畫———踏穩腳步、邁向未來**

❖ 教與學重點

1. 規制訂及班級經營———老師的12樣見面禮與期許

2. 推展閱讀———成立班級讀書會

3. 積極鼓勵參加各項競賽

　　———國語文競賽、科學展覽與競賽、藝文、舞蹈……

4. 鼓勵創作———網路、報章、雜誌鼓勵投稿

　　———小作家、小畫家

5. 潛能發展———潛能開發，發展專長和能力

6. 小志工服務———練習服務別人成長自己

　　———小老師制、志工制

7. 比馬龍效益———以鼓勵及獎勵，提升學童學習興趣及能力

❖ 成果展示

1. 用文字與影像紀錄學習成長

　　———張貼班級佈告欄、網路部落格

2. 創作班刊（紙本）與大家分享教與學心得

3. 網路部落格紀錄點點滴滴

4. 繪製光碟留下成長美好的回憶

🔹 親師生溝通

1. 家庭聯絡簿
2. 學校網路
3. 班級部落格
4. e-mail信件：qqq38382003@yahoo.com.tw
5. 電話聯繫：學校 03-3182643／行動 0938069335

愛 的 叮 嚀 踏穩腳步、邁向未來！親師攜手共創學童美好未來！

閱讀的推展——3-2班班親會：紀要及心得

「出生三十年，當遊千萬里；行將青草合，入塞紅塵起；鍊藥空求仙，讀書兼詠史。今日歸寒山，枕流兼洗耳。」——寒山

感謝各位爸爸媽媽—鄭宇、思賢、以欣、佑翔、涵榕、孫齊、昱睿、傑齡、念欣、沉程、芸柔、俊賢、尉豪、品嘉、倢妤、姿蓉、菀庭、芸柔——參與3-2班親師會，您們的參加是我莫大的榮幸，也是給我的鼓勵和肯定，正如我說這是我的「處女航」我把班親會的第一次獻給各位，凡事第一次總是比較生澀，所以有不週全的地方就請各位海涵了。

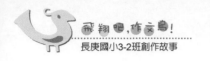

　　或許是自己的執著吧，我總是把閱讀當成行腳，我堅信學習如何學習是一輩子的事。在孩子升上三年級的時候，我遇見了他們，他們遇見了我，這是百年修來的福分和緣分，我珍惜著。他們就像我的小孩也像我的孫，那樣的珍貴和寶貝，而他們也是讓我很窩心，很多事情不需我操心便能做得妥妥貼貼，孟喬老師今天告訴我3-2班的孩子好乖、好認真、好懂事，我聽了好感動，感動孩子們的體貼和努力，他們的赤子之心，讓我活在快樂的天堂，在快樂中教學相長，我也希望他們快樂學習成長一奠定學習的基礎，展翅高飛飛向寬闊的藍天碧海。

　　會中各位家長的建議我會盡力做到，也請各位家長放心，雖然我強調孩子在快樂中學習成長，但並不會因而怠忽功課把該會的都讓他「跑走了」（這是仿第二課課文用法），我也知道各位對孩子的需求，說真的在這二十一世紀的超十倍數時代裡，誰不怕孩子趕不上進度？誰不怕課業銜接不上？我不敢拍胸脯對各位保證一定怎樣怎樣，但我相信經過一段時間之後，您就會發現孩子的進步及不一樣。教育雖然無法立竿見影，但進步可以是很明顯的，各位就請給我們時間，讓我們來玩「閱讀與寫作能力提昇」的遊戲。

　　我沒有其他專長與嗜好，佈置教室也不是很會，所以大概就是以學習和生活記錄為主吧，學校裡的老師美勞專長的很多喔，我們就不要去與他們評比了（因為一定輸），發揮自己的專長走自己的路，比較重要。所以還是回到閱讀，閱讀是一輩子的事，閱讀是必然也是必要。我喜歡自己一人獨處，尤其在有月光的晚

上，面對窗戶，打開窗戶讓愛飄進來，在書桌前點一盞昏黃的孤燈，泡一壺香香的濃茶，芳香的空氣流瀉著輕柔的音樂，打開一本書與古人交談，神遊書中，那是一種享受也是一種樂趣，也是身心靈的放鬆，當然讀到不懂的地方很快就會入睡，也是一大收穫，最少不會鬧「失眠」。

　　說這麼多囉囉唆唆的話真是聒噪，其實要說的就是「要讀書啦」請爸爸媽媽一起來讀書，如果有興趣先把簡媜女士著作「老師的十二樣見面禮」先拿來讀一讀，再來等我們班親會成立之後我們再來選「班書」一起閱讀。

　　時間好像很晚了，一邊寫一邊打呵欠，可我又很想把今天的感覺寫出來，就這樣收筆吧！今天就寫到這裡，明天有什麼好玩的再寫，各位再見了，小朋友，你們不要管我們大人的事，就放心的睡覺吧！明天上學不要遲到了！大家晚安！

菜鳥（大鳥）老師 2007. 09. 11　23:46

開心在一起──談「老師的十二樣見面禮」（一）

　　為迎接九十六學年度第一學期的開學，我所參與的佛光山中華總會教師分會舉辦之「和平讀書會」八月初選讀了一本與開學有關的書籍──簡媜女士著作、印刻出版社出版的「老師的十二樣見面禮」。閱讀期間深受感動，字裡行間的幽默、

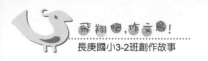
詼諧及對教育的深深期許和期望，讓我讀文如見人，仿若回到一、二十年前在耕莘青年寫作會的一段時光，那時簡媜老師擔任我們散文組導師，我是散文組組長，在簡媜老師的指導下創作無數篇散文，其中的一篇「高音譜記號」還榮獲耕莘文學獎散文組佳作獎。

時光飛逝，一轉眼，簡媜老師已經成為媽媽，有一個就讀四年級的姚頭丸，而我也升級當奶奶了。適巧，今年我擔任桃園縣長庚國小三年二班導師，在開學的前幾天我開始張羅這「老師的十二樣見面禮」，準備開學當日送給小朋友，順便聽聽他們對這十二樣見面禮的想法和看法。十二樣禮物當中的牙籤、橡皮筋、OK繃、鉛筆、橡皮筋、口香糖、棉花球、巧克力、面紙等都很容易張羅及取得，唯獨金線、銅板、救生圈糖果我走訪了幾戶商家都無法如願，後來就以紅絲線代替金線、一元台幣代替銅板、甜甜圈型餅乾代替救生圈，全部放在一個紙袋裡（不是粉紅色的）另外又附一張學習單，請他們與同學或爸爸、媽媽一起想一想，為什麼老師要在開學的時候送他們這樣的一份見面禮？（他們一拿到禮物便急著問：「老師！巧克力可以吃嗎？」、「老師！救生圈餅乾可以吃嗎？」，我告訴他們只要完成學習單，這十二樣禮物便是他的，大家一陣歡呼！）

我在學習單上寫著：「彩鸞導師的見面禮/小朋友！彩鸞老師今天準備了一份見面禮物要送給你們，請你們想一想這些禮物代表什麼意思？為什麼老師要送你們這些禮物？可以與同學、或回家與爸爸媽媽討論之後再寫喔，沒有標準答案，只要回答就是對

的！明天交給老師！祝大家想得很好！發揮你的創意喔！（只要
完成學習單，禮物就是你的）

2007. 08 .30

開心在一起——談「老師的十二樣見面禮」（二）

　　學習單陸陸續續繳交回來，家長也親自或寫聯絡簿道謝，一
開學便因這十二樣見面禮，親師生熱絡起來，也有一個共同的好
話題談論，班級經營踏出成功的第一步。

　　第二天以平拿來一張八月二十八日出版的國語日報，他說
是爸爸媽要他拿給我看的，喔！原來少年文藝版愉快人間有一篇
李惠綿老師的文章—開學禮物，就是談論簡媜的這一本書，李老
師以「秀才人情紙一張」的形式，當作開學禮物送給三班學生，
於課堂上進行綜合式的二度詮釋，最後李老師說：「開學禮物皆
日常所見，不足為貴。然其所以具有豐富的聯想意趣，乃繫於人
心的寬廣遼闊，故能靜觀萬物而自得。」我相信這十二樣禮物對
任何一個學生，不論他是小學生、中學生或大學生，都是很合適
的，不但表達了老師對他的關愛而且還可以讓他們發揮想像力，
靜觀萬物而自得。

　　觀看學生繳回來的學習單，我驚訝於他們的創意和窩心。子
昂說紅線就是要珍惜緣份；俊賢說救生圈餅乾可以吃，讓我們很

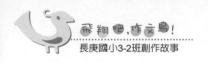

開心；孫齊說鉛筆給我們寫字要我們不斷創作寫作；鄭宇說一元可以打一分鐘電話；思賢說救生圈餅乾希望我們不會溺水，要我們有困難時可以找人幫忙；聖哲說銅板（一元）可以拿去存錢；沅程說巧克力，代表我愛你，老師喜歡我們；尉豪說因為開學了老師送我們禮物；昱睿說巧克力甜在心裡，知道老師的疼愛。佑翔說救生圈餅乾要我們保命，讓我們平安長大；傑齡說巧克力吃起來甜甜的，老師要我們能說好話；博文說金線（紅線）代表好事情一直來；芸柔說口香糖要我們大家黏在一起；倢妤說救生圈餅乾　救要沉下水的人，讓我們不會溺死；念欣說銅板（一元）一元復始萬象更新，新的開始；芝瑀說金線（紅線）希望永遠不分開，希望我們可以開心在一起；菀庭說牙籤可以把渣渣用掉，我會變成很棒的學生；以欣說棉花球代表柔軟的心，老師要我們與人和睦相處；姿蓉說口香糖咬都咬不斷，優點要一直保持；玟妤說OK繃怕我們受傷，老師想要我們健康；以平說面紙保持乾淨老師要我們衛生健康……。學生的回饋讓我如沐春風，這十二樣禮物讓學童想到老師的一片心，其中尤以思賢、沅程、芝瑀三人共同討論完成的一份學習單讓我更覺溫馨感動，他們說：「牙籤代表牙齒很乾淨，讓牙齒更健康；橡皮筋可以把東西綁起來，可以跳更高；OK繃保護傷口，要保護自己；鉛筆寫字更美麗，把字寫更美麗；橡皮擦可以把錯的地方擦掉，犯錯可以改過；口香糖愛護牙齒，希望我們小心；棉花球讓我們發揮想像力，老師希望我們輕鬆學習；巧克力我愛你，老師喜歡我們；面紙保持乾淨，希望我們身體健康；金線（紅線）希望永遠不分開，希望我們可

以開心在一起；銅板（一元）新的開始，希望我們有好的開始；救生圈餅乾希望我們不會溺水，我們有困難時可以找人幫忙。」經過一翻討論及分享，師生開心一起學習、成長。

　　開學的第五天我請小朋友在聯絡簿的語文小天地寫下「我最得意（高興）的一件事」，容安寫道：「我最得意的一件事就是讀三年二班，老師對我們很好很和氣，同學上課很認真，我喜歡上學，喜歡讀三年二班，讀三年二班就是我最得意的一件事。」容安媽媽也在聯絡簿上寫道：「容安回到家來，便滔滔不絕說著學校發生的種種有趣事情，他很開心……」。

　　感謝簡媜老師的這一本書，讓我與學童及家長同心協力攜手共創美好未來。最後就以簡媜老師在書頁開頭所說的三句話作為自勉之。

　　我希望／每個孩子都喜歡上學，像春風吹來，每一片樹葉以口哨響應。
　　我希望／每位老師教學的青春永駐，即使白髮如霜亦不覺疲倦。
　　我希望／那方小小講台是阿拉丁的魔毯，老師帶領一群孩子探索生命意義，遨遊知識殿堂。

2007.09.24 於文昌小屋

彩鶯導師的見面禮——2007. 08. 30

　　小朋友！彩鶯老師今天準備了一份見面禮物要送給你們，請你們想一想這些禮物代表什麼意思？為什麼老師要送你們這些禮物？可以與同學、或回家與爸爸媽媽討論之後再寫喔，沒有標準答案，只要回答就是對的！明天交給老師！祝大家想得很好！發揮你的創意喔！

※ 附註：開學第一、二天吳東翰（去美國遊學請假到10月底）和林容安請假未到，所以只有28位同學有答案，另外容安來上學時補發十二樣禮物，但未要求寫學習單。

※我的姓名是：1號　張子昂
※和我一起完成作業的是我的：○爸爸●媽媽○同學

項次	品名	我覺得這個禮物 代表的意義是…	為什麼老師要送我這樣的禮物？
1	牙　籤	注意口腔清潔	清潔牙縫
2	橡皮筋	有彈性	可以拿來綁東西
3	OK繃	急救	受傷的時候可以用
4	鉛　筆	多寫字	可以拿來寫功課
5	橡皮擦	乾淨	可以把錯字擦掉
6	口香糖	有益牙齒	鼓勵我
7	棉花球	急救	受傷的時候可以拿來擦藥
8	巧克力	甜蜜	鼓勵我
9	面　紙	清靜	可以拿來擦鼻涕
10	金線（紅線）	緣分	可以綁東西
11	銅板（一元）	珍惜	幫助別人
12	救生圈餅乾	圓滿	鼓勵我
老師 回饋	子昂，謝謝你和媽媽，老師就是希望大家能珍惜緣份並能幫助別人喔！		

※我的姓名是：2號　呂俊賢			
※和我一起完成作業的是我的：●爸爸〇媽媽〇同學			
項次	品名	我覺得這個禮物 代表的意義是…	為什麼老師要送我這樣的禮物？
1	牙　籤	保護牙齒	怕牙縫有東西
2	橡皮筋	不會把東西弄亂	保持書包整潔
3	OK繃	保護受傷的地方	怕受傷
4	鉛　筆	沒帶筆時可用	可以寫字
5	橡皮擦	沒帶橡皮擦時可用	可以擦錯字
6	口香糖	讓我們的嘴很香	可以讓我們沒口臭
7	棉花球	可以把流出來的血擦掉	怕受傷
8	巧克力	可以吃	讓我們很快樂
9	面　紙	可以擦	可以讓我們很少感冒
10	金線（紅線）	可以綁東西	讓我們的東西不會亂掉
11	銅板（一元）	可以存起來	讓我很高興
12	救生圈餅乾	可以吃	讓我們很開心
老師 回饋	俊賢，謝謝你和爸爸，老師真的就是希望你們很開心喔！		

項次	品名	我覺得這個禮物代表的意義是…	為什麼老師要送我這樣的禮物？
		※我的姓名是：3號　張孫齊 ※和我一起完成作業的是我的：●爸爸●媽媽○同學	
1	牙　籤	搓	提神
2	橡皮筋	有彈性伸縮自如	做人做事有彈性能屈能伸
3	OK繃	保護傷口	能貼心別人萬事OK
4	鉛　筆	寫字	不斷創作寫作
5	橡皮擦	擦掉錯誤	做錯事有改正機會
6	口香糖	除口臭	講話好口氣
7	棉花球	止血擦傷口	動作輕柔
8	巧克力	甜蜜	嘴巴甜受歡迎
9	面　紙	擦髒東西	好的衛生習慣
10	金線（紅線）	結善緣	跟同學建立好的人際關係
11	銅板（一元）	一元復始萬象更新	新學期新開始
12	救生圈餅乾	團結才有希望	希望全班能團結
老師回饋	孫齊，謝謝你和爸爸、媽媽合作說出老師的所有期望！		

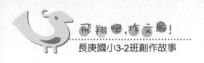

※我的姓名是：4號　鄭宇
※和我一起完成作業的是我的：○爸爸○媽媽●同學

項次	品名	我覺得這個禮物代表的意義是…	為什麼老師要送我這樣的禮物？
1	牙籤	清理牙齒	因為可以把牙弄乾淨
2	橡皮筋	綁東西	可以把散開來的綁好
3	OK繃	貼傷口	受傷的時候可以貼
4	鉛筆	寫字	讓我們可以寫字
5	橡皮擦	擦東西	錯字可以擦掉
6	口香糖	吃	可以吹出泡泡
7	棉花球	止血	流血的時候可以止血
8	巧克力	吃	甜甜的很好吃
9	面紙	擦東西	可以擦桌椅
10	金線（紅線）	綁東西	綁頭髮
11	銅板（一元）	打電話	1元可以打一分鐘
12	救生圈餅乾	吃	給我們吃
老師回饋	鄭宇，謝謝你和昱睿，我想你的數學一定很棒，馬上就算出來1元可以打一分鐘電話！		

項次	品名	我覺得這個禮物代表的意義是…	為什麼老師要送我這樣的禮物？
※我的姓名是：5號　蔡思賢			
※和我一起完成作業的是我的：○爸爸○媽媽●同學			
1	牙　籤	牙齒很乾淨	讓牙齒更健康
2	橡皮筋	可以把東西綁起來	可以跳更高
3	OK繃	保護傷口	要保護自己
4	鉛　筆	寫字更美麗	把字寫更美麗
5	橡皮擦	可以把錯的地方擦掉	犯錯可以改過
6	口香糖	愛護牙齒	希望我們小心
7	棉花球	讓我們發揮想像力	老師希望我們輕鬆學習
8	巧克力	我愛你	老師喜歡我們
9	面　紙	保持乾淨	希望我們身體健康
10	金線（紅線）	希望永遠不分開	希望我們可以開心在一起
11	銅板（一元）	新的開始	希望我們有好的開始
12	救生圈餅乾	希望我們不會溺水	我們有困難時可以找人幫忙
老師回饋	思賢，你們三人（沅程、芝瑪）很棒喔，老師就是希望你們開心在一起！		

項次	品名	我覺得這個禮物代表的意義是…	為什麼老師要送我這樣的禮物？
	※我的姓名是：6號　陳聖哲		
	※和我一起完成作業的是我的：○爸爸 ●媽媽 ○同學		
1	牙　籤	用牙齒裡面的東西	怕我們牙縫不乾淨
2	橡皮筋	拿來玩	綁東西
3	OK繃	不要我受傷	受傷可以拿來用
4	鉛　筆	要我多寫字	要我寫多一點字
5	橡皮擦	寫錯字可以拿來擦	錯字可以拿來擦
6	口香糖	給我們吃	給我們吃
7	棉花球	一直累積	一直累積
8	巧克力	給我們吃	給我們吃
9	面　紙	擤鼻涕	擤鼻涕
10	金線（紅線）	拿來玩	拿來玩
11	銅板（一元）	拿去存錢	拿去存錢
12	救生圈餅乾	給我們吃	給我們吃
老師回饋	聖哲，謝謝你和媽媽，老師希望你最好不要受傷，萬一受傷，別忘記老師送你的一包OK繃，可以讓你止痛療傷！		

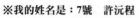

項次	品名	我覺得這個禮物 代表的意義是…	為什麼老師要送我這樣的禮物？
1	牙 籤	讓我的牙齒保持乾淨	讓牙齒更健康
2	橡皮筋	讓我綁自己的東西	把東西收拾整齊
3	OK繃	讓傷口止血	要好好保護自己
4	鉛 筆	把字寫得更漂亮	把字寫漂亮
5	橡皮擦	可以把錯的地方擦掉	犯錯可以改過
6	口香糖	愛護牙齒	希望我們小心
7	棉花球	讓我們發揮想像力	老師希望我們輕鬆學習
8	巧克力	我愛你	老師喜歡我們
9	面 紙	保持乾淨	希望我們身體健康
10	金線（紅線）	希望永遠不分開	希望我們可以開心在一起
11	銅板（一元）	新的開始	希望我們有好的開始
12	救生圈餅乾	希望我們不會溺水	我們有困難時可以找人幫忙
老師 回饋	沅程，你們三人（思賢、芝瑀）很棒喔，老師就是希望你們有困難時可以找人幫忙！		

※我的姓名是：7號　許沅程
※和我一起完成作業的是我的：○爸爸○媽媽●同學

※我的姓名是：8號　趙尉豪
※和我一起完成作業的是我的：○爸爸○媽媽○同學

項次	品名	我覺得這個禮物代表的意義是…	為什麼老師要送我這樣的禮物？
1	牙　籤	可以兔牙齒	因為開學了
2	橡皮筋	可以綁東西	因為開學了
3	OK繃	可以貼傷口	因為開學了
4	鉛　筆	可以畫畫	因為開學了
5	橡皮擦	可以擦字	因為開學了
6	口香糖	可以吃	因為開學了
7	棉花球	可以擦藥用	因為開學了
8	巧克力	可以吃	因為開學了
9	面　紙	可以擦手	因為開學了
10	金線（紅線）	可以綁東西	因為開學了
11	銅板（一元）	可以存起來	因為開學了
12	救生圈餅乾	可以吃	因為開學了
老師回饋	尉豪，謝謝你自己想出答案，開學了，真的，老師希望你認真讀書喔！		

※我的姓名是：9號　陳昱睿
※和我一起完成作業的是我的：○爸爸　●媽媽　●同學

項次	品名	我覺得這個禮物 代表的意義是…	為什麼老師要送我這樣的禮物？
1	牙籤	清理牙齒	因為可以把牙齒弄乾淨
2	橡皮筋	綁東西	可以把散開來的東西綁起來
3	OK繃	貼傷口	受傷時可以貼在傷口上
4	鉛筆	練習寫字	讓我的字寫漂亮
5	橡皮擦	把之前的錯誤擦掉	把錯字擦掉
6	口香糖	保持口氣清新	做臉部運動
7	棉花球	可做勞作	發揮創意
8	巧克力	甜在心裡	知道老師的疼愛
9	面紙	擦髒東西用	保持乾淨
10	金線（紅線）	保平安	紅色吉祥
11	銅板（一元）	一元復始	新學期新開始
12	救生圈餅乾	同學有難互相幫忙	相親相愛
老師 回饋	昱睿謝謝你和媽媽、同學，你很有創意，希望你能知道老師疼愛你的心喔！		

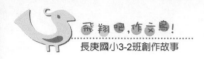
※我的姓名是：11號　吳佑翔
※和我一起完成作業的是我的：○爸爸 ●媽媽 ●同學

項次	品名	我覺得這個禮物代表的意義是…	為什麼老師要送我這樣的禮物？
1	牙 籤	清理牙齒	因為可已把牙齒的東西挖出來
2	橡皮筋	綁東西	可以把打開的餅乾綁起來
3	OK繃	保護	提醒我們要幫助別人
4	鉛 筆	學習	要我門好好念書
5	橡皮擦	改過	知過能改善莫大焉
6	口香糖	回味無窮	人生的滋味
7	棉花球	輕鬆	生活的享受
8	巧克力	甜蜜	和人相處的關係
9	面 紙	擦拭	重新出發
10	金線（紅線）	喜氣洋洋	很幸福
11	銅板（一元）	一元復始	好的開始
12	救生圈餅乾	保命	平安長大
老師回饋	佑翔，謝謝你和媽媽、同學，老師就是希望你很幸福而且平安長大喔！		

項次	品名	我覺得這個禮物 代表的意義是…	為什麼老師要送我這樣的禮物？
1	牙　籤	不蛀牙	害怕我蛀牙
2	橡皮筋	做面具	讓我玩
3	OK繃	不受傷	怕我受傷
4	鉛　筆	讓我寫字	怕我考試沒有筆
5	橡皮擦	怕我沒橡皮擦	怕我寫錯字
6	口香糖	讓我不會無聊	怕我口香糖亂吐
7	棉花球	讓我分解他	怕我沒枕頭
8	巧克力	讓我不會餓肚子	怕我肚子餓
9	面　紙	讓我會沒面紙	怕我打噴嚏
10	金線（紅線）	綁東西	怕我沒有紅線
11	銅板（一元）	讓我存錢	怕我沒錢
12	救生圈餅乾	香香的	怕我溺水

※我的姓名是：12號　邱柏政
※和我一起完成作業的是我的：○爸爸○媽媽○同學

老師回饋　柏政，謝謝你自己想出答案，你寫得很快，很好，但是有時也要用心去想一想喔！

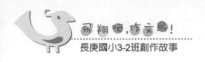
※我的姓名是：13號　馬傑齡			
※和我一起完成作業的是我的：○爸爸○媽媽○同學			

項次	品名	我覺得這個禮物 代表的意義是…	為什麼老師要送我這樣的禮物？
1	牙　籤	讓我們畫畫	用來穿食物
2	橡皮筋	來玩槍	如果沒有線就可以用它來綁
3	OK繃	來貼傷口	怕我們受傷
4	鉛　筆	用來寫字	如果忘了帶筆就可以用
5	橡皮擦	用來擦字	怕我們寫錯
6	口香糖	用來吹泡泡	怕我們無聊
7	棉花球	用來吸水	怕我們桌子上有水
8	巧克力	用來吃	怕我們肚子餓
9	面　紙	來擦東西	怕我們上廁所沒有面紙
10	金線（紅線）	來綁東西	怕我們沒線做風鈴
11	銅板（一元）	用來買東西	用來打電話
12	救生圈餅乾	用來玩	怕我溺水
老師 回饋	傑齡，謝謝你自己寫出答案，老師真的很怕你們……，所以不要忘記，有困難可以來找老師喔！		

項次	品名	我覺得這個禮物 代表的意義是…	為什麼老師要送我這樣的禮物？
	※我的姓名是：14號　游博宇 ※和我一起完成作業的是我的：○爸爸○媽媽○同學		
1	牙　籤	把渣渣用掉	可以把菜渣用掉
2	橡皮筋	綁東西	物品整齊
3	OK繃	受傷的時候	可以貼在傷口
4	鉛　筆	有鉛筆可以寫字	可以認識很多字
5	橡皮擦	寫錯字的時候要用	可以擦很多字
6	口香糖	能連在一起	能奇踢別人的話
7	棉花球	受傷的時候	平平安安
8	巧克力	吃起來甜甜的	能說好話
9	面　紙	擤鼻涕的時候用到	保持衛生
10	金線（紅線）	可以把東西綁起來	團結一起
11	銅板（一元）	可以買東西	很棒的開始
12	救生圈餅乾	吃起來很脆	健康長大
老師回饋	博宇，這是你自己想出來的答案，真棒喔，老師就是希望大家能說好話，而且平安長大！		

※我的姓名是：15號　鄭博文			
※和我一起完成作業的是我的：●爸爸○媽媽○同學			

項次	品名	我覺得這個禮物代表的意義是…	為什麼老師要送我這樣的禮物？
1	牙　籤	清除髒東西	成為正直的人
2	橡皮筋	綁東西	整齊有秩序
3	OK繃	受傷用	平安求學
4	鉛　筆	寫字	學習認識很多字
5	橡皮擦	擦錯字	改錯求進步
6	口香糖	黏住東西	尊重別人聽從指令
7	棉花球	畫畫	創新生活
8	巧克力	乖巧	對人說好聽的話
9	面　紙	擦嘴巴	保持整潔
10	金線（紅線）	好事情一直來	順利來
11	銅板（一元）	從頭開始	好的開始
12	救生圈餅乾	吃飽	健康長大
老師回饋	博文，謝謝你和爸爸，老師就是希望你能學習認識很多字喔！		

項次	品名	我覺得這個禮物代表的意義是…	為什麼老師要送我這樣的禮物？
	※我的姓名是：16號　潘芸柔 ※和我一起完成作業的是我的：●爸爸○媽媽○同學		
1	牙　籤	不要蛀牙	不知道
2	橡皮筋	用橡皮筋綁住大家	不知道
3	OK繃	不要受傷	不知道
4	鉛　筆	能寫字	不知道
5	橡皮擦	能擦字	不知道
6	口香糖	大家黏在一起	不知道
7	棉花球	心軟軟的	不知道
8	巧克力	心不黑	不知道
9	面　紙	不生病	不知道
10	金線（紅線）	大家在一起	不知道
11	銅板（一元）	大家在一起	不知道
12	救生圈餅乾	圍在一起	不知道
老師回饋	芸柔，謝謝你和爸爸，最少你知道像口香糖一樣大家要黏在一起，老師的用心你不能不知道喔！		

		※我的姓名是：17號　周健妤	

※和我一起完成作業的是我的：○爸爸○媽媽○同學

項次	品名	我覺得這個禮物 代表的意義是…	為什麼老師要送我這樣的禮物？
1	牙　籤	清理牙齒	希望我的牙齒裡沒有菜渣
2	橡皮筋	綁散開來的東西	希望我散開來的東西可以整理好
3	OK繃	受傷的時候用的	如果我受傷的時候就可以用到
4	鉛　筆	寫字用的	怕我沒帶鉛筆沒辦法寫字
5	橡皮擦	把寫錯的字擦掉	怕我沒帶橡皮擦沒辦法把寫錯的字擦掉
6	口香糖	讓我不會無聊	牙齒無聊的時候可以嚼口香糖
7	棉花球	幫忙擦藥	如果我受傷了在棉花球上塗點藥再擦上去就好了
8	巧克力	讓我吃的	如果肚子餓可以吃巧克力
9	面　紙	讓我擦汗	如果我流汗就可以用面紙擦掉
10	金線（紅線）	綁禮物	如果我有禮物要送別人我就可以用紅線綁禮物
11	銅板（一元）	買東西	存起來以後拿來買東西
12	救生圈餅乾	救要沉下水的人	讓我不會溺死
老師回饋	健妤，謝謝你自己寫出答案，妳很認真，老師希望你最好不要受傷，萬一受傷，記得老師送你的OK繃和棉花球喔！		

		我覺得這個禮物	
項次	品名	代表的意義是…	為什麼老師要送我這樣的禮物？
1	牙　籤	可以讓我把菜渣拿走	希望我們牙齒亮晶晶
2	橡皮筋	可比把自己散開東西綁起來	希望我們不要吃壞肚子
3	OK繃	可以把傷口黏起來	希望我們不要細菌感染
4	鉛　筆	可以寫出美麗的字	希望我們不要在考試時沒有筆
5	橡皮擦	可以把醜的字擦掉	希望我們不要寫錯字沒有橡皮擦
6	口香糖	可以讓嘴巴涼涼的	希望我們的嘴都有薄荷味
7	棉花球	可以擦傷	希望我們不要受傷
8	巧克力	代表人生	老師希望我們永遠走在甜的人生
9	面　紙	可以清潔皮膚	可以讓皮膚乾乾淨淨
10	金線（紅線）	做美勞	希望我們用這條紅線做出美麗的東西
11	銅板（一元）	一元復始萬象更新	新的開始
12	救生圈餅乾	代表救生圈	吃了不會溺水

※我的姓名是：18號　周念欣
※和我一起完成作業的是我的：○爸爸●媽媽○同學

老師回饋：念欣，謝謝你和媽媽，人生的路不一定都是甜的，但是我們要去找救生圈餅乾，讓自己吃了不會溺水，記得！老師就有救生圈餅乾喔！

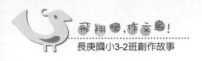
※我的姓名是：19號　康芝瑀
※和我一起完成作業的是我的：○爸爸○媽媽●同學

項次	品名	我覺得這個禮物代表的意義是…	為什麼老師要送我這樣的禮物？
1	牙　籤	牙齒很乾淨	讓牙齒更健康
2	橡皮筋	可以把東西綁起來	可以跳更高
3	OK繃	保護傷口	要保護自己
4	鉛　筆	寫字更美麗	把字寫更美麗
5	橡皮擦	可以把錯的地方擦掉	犯錯可以改過
6	口香糖	愛護牙齒	希望我們小心
7	棉花球	讓我們發揮想像力	老師希望我們輕鬆學習
8	巧克力	我愛你	老師喜歡我們
9	面　紙	保持乾淨	希望我們身體健康
10	金線（紅線）	希望永遠不分開	希望我們可以開心在一起
11	銅板（一元）	新的開始	希望我們有好的開始
12	救生圈餅乾	希望我們不會溺水	我們有困難時可以找人幫忙
老師回饋	芝瑀，看到你們三人（思賢、沅程）的答案，老師很感動，老師真的好喜歡你們！		

項次	品名	我覺得這個禮物代表的意義是…	為什麼老師要送我這樣的禮物？
	※我的姓名是：20號　張菀庭		
	※和我一起完成作業的是我的：○爸爸●媽媽○同學		
1	牙　籤	可以把渣渣用掉	我會變成很棒的學生
2	橡皮筋	可以綁東西	可以和同學團結
3	OK繃	受傷可以貼	我可以平平安安
4	鉛　筆	寫字可以用	讓我有筆寫字
5	橡皮擦	寫錯字可以擦	歸零學習
6	口香糖	把東西黏住	懂得傾聽
7	棉花球	當畫畫用	不停創新
8	巧克力	嘴巴甜講話好聽	溫柔待人
9	面　紙	上廁所要用	乾淨的環境
10	金線（紅線）	可以綁東西	團結一起
11	銅板（一元）	都有很棒的開始	我成為很好的學生
12	救生圈餅乾	大家和和氣氣	健康長大
老師回饋	菀庭，謝謝你和媽媽，老師真的就是希望你們懂得傾聽、溫柔待人而且不停創新。		

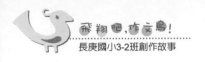

※我的姓名是：21號　簡以欣
※和我一起完成作業的是我的：○爸爸 ●媽媽 ○同學

項次	品名	我覺得這個禮物代表的意義是…	為什麼老師要送我這樣的禮物？
1	牙籤	多多注意牙齒	可以清潔牙齒
2	橡皮筋	上課時不要跟同學玩	要我守規矩
3	OK繃	小心別受傷	要注意安全
4	鉛筆	要常常練習寫字	要完成作業
5	橡皮擦	錯字要訂正	不要錯別字
6	口香糖	多說好話	不要罵人
7	棉花球	柔軟的心	與人和睦相處
8	巧克力	快樂	帶給朋友快樂
9	面紙	清潔	維持清潔
10	金線（紅線）	人緣	結善緣
11	銅板（一元）	公共電話	有事打電話回家
12	救生圈餅乾	安全	游泳時要注意安全
老師回饋	以欣，謝謝你和媽媽，老師就是希望能結善緣，帶給朋友快樂！		

項次	品名	我覺得這個禮物代表的意義是…	為什麼老師要送我這樣的禮物？
		※我的姓名是：22號　曾心盈	
		※和我一起完成作業的是我的：●爸爸〇媽媽〇同學	
1	牙　籤	要我多吃東西	因為老師不要我蛀牙
2	橡皮筋	綁我的頭髮	因為老師要我整齊
3	OK繃	不要我受傷	因為老師要我小心
4	鉛　筆	要我多寫東西	因為老師要我寫得更美
5	橡皮擦	要我多寫東西	因為老師要我寫字要小心
6	口香糖	給我們吃	因為老師要我牙齒整潔
7	棉花球	受傷的時候要去醫護室	因為老師要我不要受傷
8	巧克力	給我們吃	因為老師要我甜甜蜜蜜
9	面　紙	擦汗	因為老師要整潔
10	金線（紅線）	讓我們串珠珠	因為老師要縫衣服
11	銅板（一元）	要珍惜錢	因為老師要我節省
12	救生圈餅乾	要我們小心	因為老師要我會游泳
老師回饋	心盈，謝謝你和爸爸，老師真的就是希望你甜甜蜜蜜。		

項次	品名	我覺得這個禮物 代表的意義是…	為什麼老師要送我這樣的禮物？
	※我的姓名是：24號　郭珈妤		
	※和我一起完成作業的是我的：○爸爸○媽媽○同學		
1	牙籤	可以把黏在牙齒上的髒東西清掉	怕我吃東西有東西卡在牙齒上
2	橡皮筋	綁頭髮	綁起來比較不會熱
3	OK繃	受傷時可以用	我受傷時可以用
4	鉛筆	可以寫字	鉛筆可以寫很多字很多文章
5	橡皮擦	給我門寫錯字可以擦	擦布可以擦掉寫錯的字
6	口香糖	嚼一嚼嘴巴會很涼	因為很好吃
7	棉花球	當裝飾品	當裝飾品很可愛
8	巧克力	巧克力甜甜的很好吃	巧克力有甜有苦好像在代表人生的喜怒哀樂
9	面紙	可以擦鼻涕	可以擦要擦的東西
10	金線（紅線）	綁蝴蝶結	綁蝴蝶結很可愛
11	銅板（一元）	發揮愛心幫助需要的人	一元的銅板雖然很少旦如果有很多元就可以幫助許多人代表每一個人都要好好珍惜東西
12	救生圈餅乾	可以吃	很好吃
老師回饋	珈妤，謝謝你自己想出答案，很棒喔！尤其是發揮愛心幫助需要的人。		

※我的姓名是：25號　賴姿蓉
※和我一起完成作業的是我的：●爸爸●媽媽○同學

項次	品名	我覺得這個禮物 代表的意義是…	為什麼老師要送我這樣的禮物？
1	牙　籤	纖細	希望我細心
2	橡皮筋	綁頭髮	把自己打扮整齊
3	OK繃	受傷時用	小心我的安全
4	鉛　筆	削了就會尖尖	成功是需要努力的
5	橡皮擦	把錯字擦乾淨	把缺點改掉
6	口香糖	咬都咬不斷	優點要一直保持
7	棉花球	白白淨淨	身段要柔軟
8	巧克力	甜甜蜜蜜	要把持甜蜜的心
9	面　紙	上廁所	衛生起見
10	金線（紅線）	喜氣洋洋	珍惜緣份
11	銅板（一元）	打公共電話	東西帶齊
12	救生圈餅乾	游泳時注意	游泳安全第一
老師 回饋	姿蓉，謝謝你和爸爸、媽媽，老師真的就是希望你們身段要柔軟，優點要一直保持！		

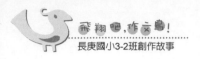
項次	品名	我覺得這個禮物代表的意義是…	為什麼老師要送我這樣的禮物？
	※我的姓名是：26號　陳玟妤		
	※和我一起完成作業的是我的：○爸爸○媽媽○同學		
1	牙　籤	怕我們塞牙縫	老師要我們當美齒寶寶
2	橡皮筋	吃剩的餅乾可以綁起來	老師不要教室有螞蟻
3	OK繃	怕我們受傷	老師想要我們健康
4	鉛　筆	怕我們沒有筆寫字	沒有辦法抄東西
5	橡皮擦	沒有橡皮擦擦字	沒辦法擦錯字
6	口香糖	給我們吹泡泡	讓我們玩
7	棉花球	怕我們受傷	幫我們擦消毒水
8	巧克力	給我們當甜點吃	希望我吃完甜點很渴很多喝水
9	面　紙	給我們擦鼻涕	不要這麼髒要把鼻涕擦掉
10	金線（紅線）	讓我們綁東西	老師發給我們東西把東西綁起來
11	銅板（一元）	怕我們的家長沒來接	讓我們打電話
12	救生圈餅乾	讀書會吃	肚子餓讓我們吃
老師回饋	玟妤，謝謝你自己想出答案，老師就是希望你健康喔！		

項次	品名	我覺得這個禮物 代表的意義是…	為什麼老師要送我這樣的禮物？
※我的姓名是：27號　蘇品嘉 ※和我一起完成作業的是我的：○爸爸○媽媽●同學			
1	牙　籤	可以剔牙	剔牙
2	橡皮筋	可以當髮束	可以拿來玩
3	OK繃	受傷可以貼	受傷可以貼
4	鉛　筆	筆沒帶可以用	可以寫字
5	橡皮擦	可以擦錯字	可以擦錯字
6	口香糖	沒事做可以吃	可以吃
7	棉花球	受傷可以用	可以玩
8	巧克力	讓我們蛀（ㄓㄨˋ）牙	可以吃
9	面　紙	流鼻水可以擦	可以拿來擦汗
10	金線（紅線）	綁東西	可以玩
11	銅板（一元）	可以買東西	買東西
12	救生圈餅乾	吃了不溺水	可以吃
老師 回饋	品嘉，謝謝你和涵榕想出的答案，老師的救生圈餅乾吃了不會溺水喔，所以有困難記得要來找老師喔！		

※我的姓名是：28號　洪茹翊			
※和我一起完成作業的是我的：○爸爸●媽媽○同學			
項次	品名	我覺得這個禮物 代表的意義是…	為什麼老師要送我這樣的禮物？
1	牙　籤	剔牙牙齒乾淨	牙齒乾淨
2	橡皮筋	讓我綁頭髮	可以綁東西
3	OK繃	受傷的時候可以用	不讓我們受傷
4	鉛　筆	幫我們寫字	可以寫字
5	橡皮擦	可以幫我擦東西	寫錯字可以擦掉
6	口香糖	可以幫我有乾淨的牙齒	讓牙齒乾淨
7	棉花球	幫我止血	止血
8	巧克力	不可以多吃糖	肚子餓的時候可以吃
9	面　紙	幫我們擦汗	熱的時候可以擦
10	金線（紅線）	可以幫我們綁東西	幫我們綁東西
11	銅板（一元）	可以幫我們存錢	讓我們多存錢
12	救生圈餅乾	不可以吃太多糖果	不讓我們蛀牙
老師 回饋	茹翊，謝謝你和媽媽，老師希望你不要受傷，萬一受傷了，不要忘記老師 送你的OK繃，可以幫你止血喔！		

項次	品名	我覺得這個禮物 代表的意義是…	為什麼老師要送我這樣的禮物？
	※我的姓名是：29號　呂以平 ※和我一起完成作業的是我的：●爸爸〇媽媽〇同學		
1	牙　籤	牙齒健康	祝我們牙齒健康
2	橡皮筋	讓東西靠在一起	交很多朋友
3	OK繃	讓傷口好	不要受傷
4	鉛　筆	作文進步	認真學習
5	橡皮擦	寫錯字要改	不對的要改
6	口香糖	不要半途而廢	不要半途而廢
7	棉花球	白雲	舒服
8	巧克力	甜	甜美的回憶
9	面　紙	保持乾淨	衛生健康
10	金線（紅線）	綑綁	把感情綁在一起
11	銅板（一元）	價值	有價值的人
12	救生圈餅乾	平安	希望我們平安
老師 回饋	以平，謝謝你和爸爸，老師真的就是希望你們做個有價值的人，而且有一個甜美的回憶！也謝謝你分享國語日報裡〈老師的十二樣見面禮〉。		

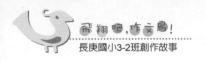

※我的姓名是：30號　莊涵榕
※和我一起完成作業的是我的：○爸爸○媽媽●同學

項次	品名	我覺得這個禮物 代表的意義是…	為什麼老師要送我這樣的禮物？
1	牙籤	非常實用	可以剔牙
2	橡皮筋	很好用	可以拿來綁東西
3	OK繃	急救用	受傷了可以貼
4	鉛筆	希望我寫得很美	可以拿來寫字
5	橡皮擦	希望課本不會很髒	可以擦鉛筆寫的字
6	口香糖	可以吹泡泡	可以咬
7	棉花球	鼓勵我	可以吃
8	巧克力	生氣的時候可以吃	可以吃
9	面紙	可以擦東西	可以拿來擦汗
10	金線（紅線）	很方便	可以綁東西
11	銅板（一元）	鼓勵我	可以買東西
12	救生圈餅乾	隨時都可以吃	可以拿來吃
老師 回饋	涵榕，謝謝你和書嫻同學，老師就是希望能隨時鼓勵你！而且萬一受傷了，老師的OK繃可以給你急救！		

❤ 參考答案

　　小朋友！老師說過沒有標準答案只要你認真去想去做就是最好的答案，不過我們也一起來看美國科羅拉多州四年級導師給小朋友禮物的說明。大鳥老師的點子是從〈老師的十二樣見面禮〉這本書學來的，書的作者是以前老師的老師，她帶著他的小孩跟著她的先生一起到美國科羅拉多州遊學的一段經過。

■第一件牙籤，提醒你挑出別人的長處。

■第二件橡皮筋，提醒你保持彈性，每件事情都能完成。

■第三件OK繃，恢復別人以及自己受傷的感情。

■第四件鉛筆，寫下你每天的願望。

■第五件橡皮擦，提醒你everyone makes mistakes and it is OK 每個人都會犯錯，沒關係的。

■第六件口香糖，提醒你堅持下去就能完成工作。而且當你嘗試時，你會得到樂趣。

■第七件棉花球，提醒你這間教室充滿和善的言語與溫暖的感情。

■第八件巧克力，當你沮喪時會讓你舒服些。

■第九件面紙，to remind you to help dry someone's tears，提醒你幫別人擦乾眼淚。

■第十件金線，記得用友情把我們的心綁在一起。

■第十一件銅板，「to remind you that you are valuable and special」，你，你是有價值而且特殊的。

■第十二件救生圈（救生圈形糖果），當你需要談一談時，你可以來找我。

2007.09.02初稿
2007.09.08修定
文昌小屋

參·石頭湯活動──決定出書

感謝鄭宇、佑翔、以欣、芸柔、容安、以平媽媽來到教室與我們分享石頭湯美食與心情，並商討本學期重要活動，決議如下：

一、確立班親會組織：

1. 召集人：羅慧真（容安媽咪）
2. 活動組

    組長：童雅玲（以欣媽咪）

    副組長：羅慧齡（佑翔媽咪）

    組員：黃穗莉（鄭宇媽咪）、戴嘉雯（芸柔）

    　　　賴永昌（姿蓉）、林玉芳（柏政）

    　　　馬達聖（傑齡）、石惠美（倢妤）

    　　　陳光明（昱睿）、林麗紋（尉豪）

    　　　莊永毓（涵榕）、郭賜成（珈妤）

    　　　洪麗玲（子昂）、林上汾（聖哲）

3. 總務組長：賴淑珍（呂以平媽咪）

二、　班費： 本學期決定收取班費壹千元，支付校外教學學童費用、及學童影印等；由彩鸞老師收齊後交總務組長保管。

三、　導師頒獎： 以導師名譽頒發獎卡、獎狀，鼓勵學童各項優良表現。

四、　校外教學： 歡迎並希望家長能踴躍參與。

五、 **校慶活動**：原希望能集合家長表演舞蹈，但大家都沒空練習就隨緣吧！當天請踴躍參加。

六、 **成果發表**：學期結束有動態才藝發表，在教室舉行靜態成果展，展出學童作品、作業等。

七、 **鼓勵創作**：配合學校、小桃子新聞報、國語日報及其他徵文活動，鼓勵學童文學、美術創作並積極參與投稿。

八、 **班徽創作徵選**：校有校徽，希望也能有班徽，歡迎家長、學童共同創作參選。

九、 **班刊出版**：配合文學、美術創作將學童作品結集成冊，出版發行。（投稿學童將有少許稿費鼓勵）（是否也同時歡迎家長創作或寫寫心得之類）

十、 **參訪作家**：預計拜訪兒童文學作家—方素珍女士，參訪之前先熟讀其作品，規劃利用晨光時間、閱讀課時間及其他彈性學習時間，閱讀並完成閱讀學習單或閱讀心得創作。（詳細書目及活動陸續告知各位家長）

※ 任何活動的推動除了詳細的規劃、計畫之外，當然還要有人熱情參與，歡迎所有爹地與媽咪一起來「共襄盛舉」把整個活動構想實現出來。「人因有夢想而偉大」，「人生有夢，築夢踏實」我們相信只要努力去做，有一天，美夢就能成真！大家共勉之！

大菜鳥於文昌小屋 2007. 10. 10

小鳥嘰嘰喳喳──石頭湯

1. 今天是老師說「石頭湯」的日子，我很高興因為媽也要來我們學校跟我一起參加石頭湯，媽媽帶了好多食物，我們吃好飽。（鄭宇）

2. 星期二是石頭湯聚會，老師要我們每個人帶一點小點心跟大家分享，老師還跟我們講石頭湯的故事，今天真是好玩的一天。（佑翔）

3. 今天是星期二，老師辦一個石頭湯聚會，很多家長都來了，我們帶了很多零食，有些零食還是家長們自己做的，然後老師給我們看影片，不是石頭湯嗎？為什麼沒喝湯？（玟妤）

4. 石頭湯聚會當天有好多媽媽都來了，因為有些人沒聽過石頭湯的故事，所以老師又再講一次，老師說從前有三個和尚來到一個村莊，但是沒有人肯給和尚住下來，於是和尚就開始煮石頭湯，別人聽了很好奇，就過來看，而且和尚說要什麼就有什麼，因為其他的人都把自己家的食物放到湯裡，當天晚上吃得很開心。和尚要走時，卻有好多人說要給和尚住下來。聽完這個故事我才知道老師為什麼要叫我們帶糖果和餅乾，原來要讓我們分享喔。（倢妤）

5. 星期二那天有四、五位家長來教室，老師說了一個石頭湯的故事，說完故事後，我們就開始吃點心，每個人帶的點心都好好吃，我好開心。（珈妤）

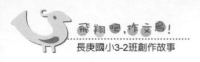

6. 有一天老師說我們明天有石頭湯聚會,所以你們明天可以帶爸爸媽媽來,最重要的事是要帶小餅乾來喔!大家聽了都很開心隔天中午2:00,許多的媽媽都來了,老師讓大家一起玩成語遊戲、吃小餅乾,我覺得很開心。(涵榕)

7. 我覺得石頭湯很感動,三個和尚很厲害,因為他們讓民眾的心都變善良了。(柏政)

8. 今天是石頭湯聚會,老師跟我們說石頭湯的故事,又玩了一個成語遊戲,之後開始進行我們的石頭湯聚會,大家開開心心的有吃的、有喝的,這個石頭湯的聚會充滿歡笑。
（容安）

9. 有一天,有三個人他們走走走,走到一個小木屋,有一個人走來走去說我好餓,那我們煮石頭湯給你喝,我們一起找石頭,然後我就把石頭丟下去煮,好香喔!撈起來是紅蘿蔔耶!(品嘉)

10. 今天是石頭湯聚會,有六個媽媽來班上,有芸柔媽媽、鄭宇媽媽、以欣媽媽、容安媽媽、佑翔媽媽、以平媽媽,參加三年二班的石頭湯聚會,今天好開心。(菀庭)

11. 星期二下午我們班有石頭湯聚會,有很多家長過來,老師講石頭湯的故事以後,就開始吃東西了,很快就放學了,我覺得很開心。(俊賢)

12. 星期二下午我們班有石頭湯聚會,有很多家長過來,我們老師講完石頭湯的故事以後,我們班就開始吃東西了,很快就放學了,我覺得很開心。(以欣)

13. 今天我們班舉辦石頭湯聚會，很多同學的媽媽都來了，有小美媽媽、鄭宇媽媽、以欣媽媽……等，我們吃了很多的東西，我們還看了電影。今天很高興。（心盈）

14. 「石頭湯聚會開始了」老師大叫，大家連聲歡呼，首先我們玩成語遊戲，然後吃點心，最後看電影，真是美好的一天。（姿蓉）

15. 石頭湯活動當天，我帶了很多好吃的零食來，老師的節目告一個段落之後，我們開始分享帶來的美食，一會兒功夫我帶來的美食就被搶食一空了，真高興。分享真是一件快樂的事。（以平）

16. 老師辦石頭湯活動，媽媽因為要上晚班無法來參加，但是幫我準備了很多美食，要我與同學分享。玩成語猜拳遊戲時我贏了好多次，也得了很多美食獎品，真棒！（昱睿——班長）

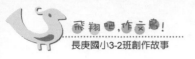

 肆·萬聖節活動——不給糖就搗蛋

　　星期一上學芸柔就問我可不可以辦萬聖節活動？我一直無法回答她，萬聖節在十月三十一日星期三，當天我剛好有事，本來想利用下午來辦這樣的活動，但是氣氛應該不會很好，而且當天下午學校有作文教學研習，特聘請沈惠芳老師來上課，不參加特可惜，星期一、二我也無法抽空辦理，星期四校外教學回來會很累，無心情、體力辦理，而且也過了節慶了，想來想去只有利用本星期四（10月25日）才有辦法，於是「擇日不如撞期」我們問了蓉安媽媽、以欣媽媽、佑翔媽媽，他們都有空，於是我們就決定選在10月25日星期四晚上辦理。

　　因為事前沒有事先規劃，一切匆忙，我怕很多小朋友無法前來，於是先做好心理建設，答應他們這一次自由參加，沒有來的不要覺得難過，還有機會，因為聖誕節活動緊接著來臨，到時再來辦一個聖誕晚會，與小鳥們溝通好之後便著手進行準備。星期三第三、四節剛好有藝文美勞課程，商請余主任讓他們畫萬聖節的佈置，他們畫得很不錯呢。星期四利用下午的健體課程及彈性學習節數，把教室的舊裝置拆掉重新佈置，蓉安媽媽來幫忙，以欣媽媽也來協助，小鳥們吱吱喳喳把教室搞翻了，又畫海報又寫請柬，全神貫注、全心投入忙得不亦樂乎，還要求我不能出太多功課，我一切順應鳥心，只出了一項作業，他們利用下課休息時間拼命寫，沒有人出去玩和休息，我看到他們可愛的地方，也讓

我感動。「為了要參加這個活動，他們犧牲玩遊戲時間也甘之如飴！」真是大鳥的優秀學生。

噹！噹！噹！放學了！大家動作迅速，很快班長就整好隊伍，向我說再見了，我告訴他們我會在學校教室等，大家相約七點見面，我一人在教室裡，享受難得的安靜。今晚的夜色很溫柔，不冷也不熱，秋風微微吹來神清氣爽心情舒暢。站在後陽台望月想起朱自清的荷塘月色——「這一片天地好像是我的；我也像超出了平常的自己，到了另一世界裡。我愛熱鬧也愛冷靜；愛群居也愛獨處。像今晚上，一個人在這蒼茫的月下，什麼都可以想，什麼都可以不想，便覺得是個自由的人。白天裡一定要做的事，一定要說的話，現在都可不理，這是獨處的妙處，我且受用這無邊的荷香月色好了！」我沉醉在這一片安靜的校園裡。

正改著他們的作文——「動物與我」茹翊就與哥哥前來叩門，才六點一刻鐘呢，太興奮了吧！一會兒，容安媽媽和兩姐妹也來了，緊接著陸陸續續打扮得花枝招展的美女；海陸兩棲部隊；嚇人的大、小巫婆；阿莉波特一號、二號、三號、本尊、分身；正義的勇士；閃閃發光的仙女、小精靈——都來了。七點一到，電燈忽然暗下來，只有角落的南瓜燈一閃一閃努力的放光明，我們倒數計時，十、九、八、七、六、五、四、三、二、一，一道黑影閃過巫婆出現，猙獰的面目嚇得大家高聲呼喊，Hight 到最高點。巫婆一會兒撕聲力竭、一會兒低沉短促、一會兒高亢尖銳精彩演出，萬聖節的故事緊扣住孩童的心，他們一會兒歡呼、一會兒尖叫，精力充分發洩，情緒久久無法平靜。今晚的

三年二班很浪漫也很嚇人，這一刻或許是他們難忘的回憶吧！而我們這幾個與他們共舞的爺爺、奶奶、爸爸、媽媽也感染了他們的歡樂，不自覺年輕了很多歲月。（感謝容安媽媽賣力演出，為我們留下一個難忘的記憶！還有其他提供家和糖果的爸爸媽媽，真是很感謝！）

2007.10.25日 深夜 於文昌小屋

小鳥吱吱喳喳——萬聖節不給糖就搗蛋

1. 二千多前的蘇格蘭，他們一年之中最害怕的日子，就是十月三十一日的晚上，因為這一個夜晚，是惡靈力量最強大的一天，所以牧師和祭司也會主持祭典，安撫掌管死的神，在古時候如果有重大的災難，人們便會帶上醜陋的面具，因為他們相信惡運是由惡靈帶來的，戴上面具可以嚇走惡靈。

2. 以欣家好漂亮喔！以欣媽媽還給我們很多糖果。（心盈）

3. 子昂家裡的糖果也好多喔！吃得好快樂！（品嘉）

4. 夜晚的路好暗喔！奶奶一直陪著我走，我就不怕了！（玟妤）

5. 今天真快樂！（俊賢）

6. 萬聖節萬歲！祝大家快樂！（傑齡）

伍・村校聯合運動會——給小鳥們的一封信

可愛的小鳥：

現在是11月12日星期一的一大早（清晨四點三十分），我昨天晚上從台北回到文昌二街大鳥的「鳥窩」，因為很晚了，所以沒有吵你們，讓你們睡一個好覺。現在大家應該睡飽了，雖然今天不要到學校，但是我卻很想念你們，很想和你們說一說前天運動會的事情，可是你們不知道飛到哪裡了？（應該還在甜美的睡夢中吧！）所以我只好提起我的「神來之筆」用寫的，把對你們的想念和期許寫出來，放到網路上去，也許會有幾隻小鳥看到喔！我昨天在「天堂鳥的故事」我們的班級網頁裡看到心盈的留言，很棒喔！所以我現在「迫不及待」很想寫一些「昆蟲」，讓「早起的鳥兒有蟲吃」，抓到蟲的小鳥們要記得回信ㄛ！在網路上回信ㄛ！（然後星期二就是明天，就會有好康等著你喔！）

熱鬧滾滾、加油聲、擊鼓聲震天價響，所有的來賓、家長、老師、小朋友撕聲力竭，人人喊破了喉嚨，卻樂得像種了樂透一樣的快樂，96學年度的長庚村校聯合運動大會在各班運動選手進場，校長帶領下展開開幕典禮；陳笑長帶領的大笑運動拉開表演序幕；穿插各班、各年級精采表演節目與各項賽跑、拔河、親子團體趣味競賽，有個人表現賽有團體比賽，「好戲在後頭」最後在教職員與家長的對抗拔河賽中，畫下圓滿句點。

　　閉幕典禮上頒發獎項時，我們3-2班得到「最佳活力獎」，你們活潑可愛的笑臉及掌聲、笑聲不如大鳥預期的熱絡，嘰嘰喳喳的小鳥們，大鳥要告訴你們，這是運動場上的競賽，主要的目的是要培養運動習慣和養成愛運動的好精神，比賽只是好玩和趣味，最最重要要培養有「勝不驕、敗不餒」的運動家精神。

　　你們今天的表現，不論是進場的踏步、健康操、「清涼一下」團體趣味競賽、個人短跑競賽及大隊接力，都讓我太感動了。當每一個人在出場比賽時，大家「同心協力」齊聲鼓掌喊「張子昂加油！張子昂加油！」每一個出場的同學，你們都喊了他的名字及加油聲，那個場面真讓愛哭的大鳥想掉下感動的眼淚，雖然最後我們得到團體趣味競賽第二名、大隊接力第三名，但是大家都已經盡了最大的力量去搖、去跑了，最不會跑的也跑了；最不會搖呼拉圈的也去搖了，剛開始大家都說不會搖、不會跑，是不是可以放棄？最後在大鳥「苦口婆心」的勸說之下，大家都提起勇氣「面對問題」大膽去嘗試，這樣的表現，無人能出其右，真是太棒！太有「活力」了，所以我們得到「最佳活力獎」真是「實至名歸」呀！不但符合你們在運動場上的表現也剛好符合我們的班呼——「三年二班、三年二班、嘰嘰喳喳、嘰嘰喳喳、Big Bird、Big Bird；三年二班有活力、笑口常開、人人叫我第一名（台語發音）」

　　我可愛的小鳥們，你們沒有輸喔！運動場上的大人、小孩；校長、老師；家長會長、家長，大家都看見我們的「活力」，有「活力」就會有「朝氣」，有「朝氣」繼續「努力」總有一天我

們就能得到「勝利」和「揚眉吐氣」。如果因為一點點挫折和小小小失敗就「垂頭喪氣」，喪失你們原來的活潑和可愛，那就很可惜了！那才真叫「輸」呢！

　　大鳥不知道你們有沒有看過「佐賀的超級阿嬤」這部影片和這本書，那個叫「昭廣」的小男生，因為阿嬤沒有錢可以給他練習跆拳道和拳擊，所以選了不必花錢就能練習的「跑步」，他每天跑，在操場練習跑、在馬路上練習跑，最後終於得到「馬拉松」比賽冠軍。從這部影片我們可以知道「要成功就要付出努力」，所謂「一分耕耘，一分收穫」！這次的運動會因為常常下雨，老師抽不出時間給你們練習搖呼拉圈和跑步，可是你們的表現卻出預料之外的好，可見你們是很有實力的，「實力派！耶！」我們相約明年的村校聯合運動會上再見！從今天開始你們就要加緊每天練習跑步和各項好玩的趣味競賽喔！效法學習昭廣的跑步精神，還有那個「我看不見　我愛游泳」一生下來就全盲看不見五歲小女生小華，勇敢練習奮鬥挑戰「仰泳100公尺一分五十秒記錄」，在不斷的失敗和練習當中，最後以「仰泳100公尺一分四十六秒六」，打破大會記錄。你們比昭廣和小華都更有機會得到勝利和成功，只要努力！我們大家一起加油喔！「三年二班！加油！三年二班！加油！」

　　放在床頭上的鬧鐘早就釘釘噹噹的響了，如果是要上學的日子，大鳥就要準備出門上學去了。今天，不必急著趕去學校，在鳥窩裡、一盞抬燈明亮的照耀，大鳥坐在電腦前寫下對你們的想念，希望你們都能快快樂樂長大，學習更多的運動技巧和良好運

動精神,當然最重要是要去「閱讀」,「閱讀」增廣見聞,豐富我們的人生!別忘記要寫二篇有關兒童文學作家方素珍女士的圖書閱讀心得喔!(如果沒有方女士的書也可以寫別人的,如果你要寫大鳥的書,大鳥也不反對!)

　　祝福每隻小鳥、小小鳥,嘰嘰喳喳快樂長大!

　　　　　　　　　　　　愛你們的大鳥　敬上
　　　　　　　　　　　　2007. 11. 12 7:00 於文昌鳥窩

班呼 🐦

三年二班!三年二班!嘰嘰喳喳!
Big Bird! Big bird! Go! Go! Go!
三年二班有活力,笑口常開
人人叫我第一名!(台語發音)

小鳥嘰嘰喳喳——運動會記趣

1. 今天是運動會我們在操場因為天氣很好，我們表演原滋原味是原住民的有氧舞蹈他只有8個8拍喔。（心盈）

2. 我覺得這次運動會很好玩，因為有玩短跑競賽，接力。可惜我短跑第二名，媽媽說下次跑第一名就好了！（鄭宇）

3. 今天是運動會的日子，我發現我不太會搖呼拉圈，可是我搖起來了，我好開心，今天雖然我沒得名次，可是我好開心，今天是快樂的一天。（玟妤）

4. 運動會那天雖然我們沒得到第一名，不過我們也沒有放棄。我學到不要為了一件小事而放棄，反而要更努力的做事。（佑翔）

5. 運動會當天有好多活動喔，首先我們先跳新式健康操，再跳我們長庚國小三年級要跳的原住民健康操(我們先看一、二年級跳)，接下來就是三年級的「清涼一下」這個活動結束，我們又要短跑競賽。這次運動會我們雖然沒有第一名，但是我還是覺得我們班最棒。（倢妤）

6. 運動會當天最有趣的是接力賽，每個人賣力的跑，雖然有些人跑得很慢，不過至少有努力過，最後我們第一名，這次運動會真好玩。（珈妤）

7. 運動會當天我非常喜歡親子競賽，因為可以和家人一起玩我也很喜歡短跑競賽，因為很好玩，而且也有機會得到獎牌，真是一舉兩得。（涵榕）

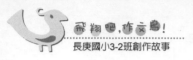
8. 今天是運動會，我最喜歡的活動是清涼一夏，因為清涼一夏很有趣又好玩，她的內容是搖呼拉圈搖到斗笠和草裙那邊，再把斗笠和草裙拿掉，再搖回來。（菀庭）

9. 星期六下午運動會已經開始一半了，弟弟的趣味競賽開始，輪到弟弟時，雖然弟弟很緊張，但是以一飛沖天的速度完成比賽。我覺得今天很快樂。（俊賢）

10. 運動會當天，我覺得最有趣的事是幫媽媽迎接顧客，因為不但可以得到媽媽的獎勵，還可以到媽媽的志工辦公室喝奶茶呢！（以欣）（**大鳥註：以欣媽媽是學校志工隊隊長**）

陸‧打開想像的翅膀──繪本花園半日遊

一、**依據**：長庚國小3-2班96學年度預定行事及班親會會議決議辦理。

二、**目的：**

1. 提升學童閱讀、創作能力及興趣。

2. 體驗與作家親自對談之樂趣及意義。

3. 培養喜愛閱讀及創作之情操。

三、**活動方式：**

1. 活動時間：96年11月15（星期四）下午一時十分至四時。

2. 活動對象：3-2班親師生並邀請3-1班、3-3班師生共同參與。

3. 活動地點：本校韻律教室及3-2班教室（閱讀、情境佈置及後續討論、創作）

4. 活動主題：邀請兒童文學作家方素珍女士親自到校辦理「打開想像的翅膀—繪本花園半日遊」閱讀與創作經驗分享活動。

5. 活動內容：

 (1) 前置作業：事先借閱方素珍女士之創作作品並詳加閱讀、討論、分享。

 (2) 繪本素描：將閱讀後之著作及譯作，「畫」、「話」出來。

 (3) 與作家對談：親自與所閱讀之書籍作家面對面溝通，一睹作家風采及聆聽作家演說經驗分享。

⑷ 活動心得創作比賽：以繪畫及作文方式將活動心得
　　畫寫出來並作評比擇優給獎（由導師頒發獎狀及獎
　　品。）

⑸ 利用綜合活動時間及彈性學習節數實施之。

四、需學校協助事項：

1. 請學校頒發一張「感謝卡」感謝方素珍女士前來為三年級
　　學童分享——「打開想像的翅膀—繪本花園半日遊」閱讀
　　與創作經驗分享活動。

2. 借用學校圖書館場地及單槍、電腦投影設備。

3. 請校長、主任、相關主管同仁蒞臨會場指導。

五、 本計畫經校長核可後實施，修正時亦同。

🐦 繪本花園半日遊／吳佑翔

　　時間：星期四下午。今天是我們期待已久的日子，作家方素珍女士她終於來到學校了，大家都找她簽名和拍照，氣氛很熱烈。

　　我們看過很多她寫的繪本像「有隻母雞叫蔥花」、「哪裡來的眼淚魚」、「逃啊！到火星去。」等等，所以看到她本人讓我們很興奮，拿到了簽名後同學都大叫，好像是一場熱鬧的嘉年華會。

　　我們演講的地方在韻律教室，門口佈置了繪本花園半日遊的大海報，那是我跟朋友合作的「亨利去爬山」的圖畫，還有其他人做的各式各樣的海報集合而成的作品。方阿姨看了很開心，嘰嘰喳喳不停的拍照之後就進入了教室，開始她的演講。

　　首先她拿收藏的馬桶書、枕頭書，毛毛蟲書、紙袋書、玩偶書，還有一本世界上最長的書，這本書要十幾個人才能把它拉開到最底，看起來好像一列長長的火車。每本書都很可愛又有創意，和我們平常看到的書長的不太一樣，真是讓我們大開眼界。隨後她放了一部法國卡通給我們看，她說多觀賞別人的作品可刺激想像力，那是作家最需要的動力。這部講王子、公主、女巫的影片真的好棒。

　　最後方阿姨講她新出的書「螢火蟲去許願」給我們聽，我覺故事裡的主角亮亮真體貼，她幫助菩薩修好了眼睛，又化成流星給小女孩許願，我們真該學習牠。方阿姨帶給我們這麼多快樂，這個下午好像在美麗的繪本花園裡漫步，欣賞了許多新奇又漂亮的花朵，我很感謝老師邀請她來學校，這真是一次愉快的聚會。

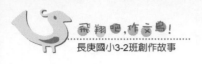

繪本花園半日遊／蔡思賢

昨天方素珍女士到長庚國小來演講，她要跟我們分享她是怎麼做書、詩和各種造型書的心得。

一開始，她先介紹她是如何收集很多造型的書，她是怎麼編故事的。接著我們看了很多影片：有尿布廣告；早餐會跳舞；還有三個人在演戲。看這些廣告的用意，都是要激發我們的想像力。

最後壓軸的節目是有獎問答，都是和方素珍女士有關的，我也有答對一題，得到一枝亮亮筆，我很開心。

我希望跟方素珍女士一樣有名，寫很多故事書給小朋友看，做個快樂童書作家。

繪本花園半日遊／張菀庭

我們老師之前跟大家說：「要看方素珍女士的書。」

當方素珍女士來到我們班上的時候，我們全班都跑到方素珍女士那邊，因為方素珍女士的簽名很好玩，而且方素珍女士的簽名是天鵝，所以我們很喜歡。

老師說我們要去 4 F 的韻律教室聽方素珍女士演講，方老師是怎麼當成作家的？方老師說她以前一直看書，所以方老師現在才會很厲害呢！

等到方老師要回去的時候，方老師就說她剛從義大利回來，所以方老師帶了枕頭書、洗澡書、口水書、毛毛蟲書……。

我們走到了走廊，老師突然說等一下，我就停下來，原來老師叫我們坐電梯，到了教室，我們全班就跟方老師說再見。

🐦 繪本花園半日遊／邱柏政

　　有一天方素珍女士來到我們的學校，她介紹了很多故事書，還有許多東西，那些東西很有趣，有些長得像毛毛蟲長長的，有些在小魚的嘴巴裡，還有一本書在袋子裡，真有趣。

　　方素珍女士有很多我們都沒看過的書，我覺得我很幸運可以看到這些書，方素珍女士說她準備要出版的新書叫「螢火蟲去許願」，我喜歡那本書，因為裡面有一隻螢火蟲很搞笑，從天上咻的衝了下來，我覺得那時候應該很帥，但是如果摔在地上一定很痛！

　　她寫過好多本故事書，她的故事書都很好看也很好笑，她寫的書有「亨利去爬山」、「亨利蓋了一座小木屋」、「是誰嗯在我頭上」……，還有很多其他不同的書籍。

　　她是一位知名作家，她有非常豐富的想像力還有創造力及耐心才能寫出一本好書。其實方素珍女士以前非常不會寫作文，她的老師都說她的作文非常爛，最後竟然當了一位作家，我想她的老師一定不敢相信，這讓我學到只要努力的朝著目標前進，總有一天夢想一定可以成真。

　　我喜歡她出的書，因為能學到許多知識及非常多的想像力，所以我覺得很棒，還有一種詩叫圖像詩，很有趣，因為圖像詩是一首詩把他變成圖像，所以才叫圖像詩。

　　希望方素珍女士會再來長庚國小，帶來更多快膾炙人口的書籍與我們分享。

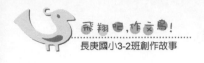

🐦 繪本花園半日遊／賴姿蓉

方素珍阿姨快要來演講了!我們班有些畫海報,有些寫感謝卡、邀請卡,有些則是搜集她的資料,經過我們班的辛苦終於「完成」了!但是令我驚訝的是,竟然只有我們班的作品,我想這就是為什麼別班上的進度比我們快的原因吧!

今天方阿姨要來三年級演講,我們班又呼又叫,又蹦又跳的沒有一個人不高興,但是有些卻忙著做還沒做好的感謝卡,正當大家在忙碌高興的時候,突然一位很漂亮的阿姨走了進來,這時大家才知道原來那就是方素珍阿姨。

接下來方阿姨帶著我們來到四樓韻律教室,方阿姨有跟我們介紹口水書、枕頭書、馬桶書⋯等等,方阿姨還給我們看灰姑娘跟尿布有什麼關係,早餐跟跳舞有什麼關係,洗衣機跟海底世界有什麼關係,方阿姨還說我們看灰姑娘和早餐和洗衣機,都是為了增加我們的想像力,這也難怪方阿姨會當上作家。

看完方阿姨演講我以為老師要考我們,沒想到會沒有考試,但是老師不但沒有考試,居然要我們寫作文,但是沒關係,我在作文簿上寫方阿姨的優點,第一臉帶笑容,第二不說髒話,第三有努力就有好收穫,缺點,第一沒有早睡早起,其他我就不知道了。

🐦 繪本花園半日遊／陳昱睿

今天下午是美好的半天,因為老師有邀請一位作家,就是「方素珍」阿姨來學校演講,阿姨一踏進教室,就有很多人找她簽名和拍照,讓阿姨手忙腳亂,喘不過氣來。

接下來，老師和阿姨帶著我們去韻律教室演說，剛開始阿姨為我們介紹許許多多不同種類的書，有蝴蝶書、毛毛蟲書……還跟我們說作家要有想像力、創造力，才能當一個作家。

之後，換影片觀賞，阿姨給我們看了灰姑娘與尿布、早餐會跳舞……其中我最喜歡的影片是「王子與公主」，因為這部片子只用一點點的顏色就可以讓觀眾看的目不轉睛。

看這麼多書和影片，作家一定很辛苦，所以我們要多多學習作家，讓自己有想像力和創造力，這樣才能把作文寫得更好，說不定以後可以成為作家呢！

繪本花園半日遊╱游博宇

昨天方素珍老師來我們學校，方素珍老師介紹很多書，有毛毛蟲書、口袋書等等。

方素珍老師對我們說：「你們實在太乖！」大家聽了很高興，我們就說：「我們可以看影片嗎？」方素珍老師說：「好」，我們都說：「謝謝方素珍老師」。

看影片的時候大家都很安靜，而且仔細的看影片內容，當影片看完時，方素珍老師馬上進行有獎徵答的活動，雖然有些答案知道，但我沒有舉手，看大家熱烈回答真有趣。時間很快就過了，一下子就四點鐘，於是活動就結束了，大家也開心的和方素珍老師說再見。

回到教室後，我們放好東西整理教室後就準備回家，今天真的是很充實的繪本花園半日遊。

繪本花園半日遊／許沉程

今天老師安排方素珍阿姨下午來學校，打開想像的翅膀會本花園半日遊，讓我們有更多知識與許多作文的想像。

她先在我們午休時間來到我們班，許多人看到方素珍阿姨有人跟他拍照、送方素珍阿姨卡片，也有人請他簽名，還有以前幫二年級的代課老師游老師也來了。

做了這些事後老師終於帶我們到了韻律教室，方素珍阿姨告訴我們書有很多種，像枕頭書、洗澡書、皮包書、手提袋書、馬桶書和口水書，這些都是方素珍阿姨告訴我們的。再來她讓我們看影片，我們看了洗衣機、穿尿布的灰姑娘、會跳舞的早餐、王子與公主、無花果少年和王子娶巫婆，這些都是他給我們看的影片。她也讓我們看了兩個故事：第一個故事是一公分的鉛筆，下一個是螢火蟲去許願。

我覺得這次好好玩喔！還有這個簽名好漂亮喔！

繪本花園半日遊／周念欣

今天，是作家方素珍阿姨來長庚的日子，我們大家都很興奮的等待方阿姨的到來。

下午方素珍老師來了，大家擠來擠去的要方素珍老師的簽名，我也有在人山人海的情形下要到簽名。

方素珍老師和我們分享她的創作心得和出國看到的書，書有蝴蝶書、毛毛蟲書和馬桶書，好多啊。

最後方素珍老師要走時大家都好像有點捨不得，希望下次方素珍老師可以再來。

🐦 繪本花園半日遊／周倢妤

昨天，方素珍作家來為我們三年級演講。在等待的過程中，我們都懷著期待的心情。

方素珍一到我們教室，就有好多人跑過去要她的簽名，還有人要跟拍照，真是熱鬧啊！過不久，三年一班和三年三班也來了。這下子就更熱鬧了。

熱鬧了好一會兒，我們突然都安靜了下來。因為方素珍作家正在介紹她從各國收集的書。有馬桶書、口水書、皮包書、毛毛蟲書、洗澡書……等等。她還跟我們介紹圖像詩。她不但介紹，還給我們看了幾首圖像詩。還跟我們說作家是利用想像力來創造故事。於是，她就放了幾個富有想像力的廣告，題目是早餐會跳舞和灰姑娘與尿布及洗衣機是海底世界。她還分享了幾個老師寫的故事。還分享了最新出版的故事，而且，正巧的是，作者是她自己。那本書的書名是「螢火蟲去許願」。

介紹完了這本書後，方素珍就要走了。我雖然有點失望，但是，她還是讓我學到了許多知識。希望她下次還可以來這裡。

🐦 繪本花園半日遊／郭珈妤

有一天老師拿一大堆書要我們寫心得，查書作者的資料，老師說「11月15日會請書的作者方素珍女士來分享創作的感覺」，

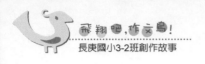
之後老師要我們寫感恩卡，給方素珍女士。

到了那天方素珍女士來了，原本在睡午覺的同學全站起來，把感恩卡交給方阿姨，方阿姨好高興還跟我們拍照，後來一大堆人去找方阿姨要簽名。

我們到韻律教室去聽方阿姨說話，三年一班、三年三班也一起來了。

方阿姨先介紹很有趣的書和影片，下課鐘響了，好多人又來找方素珍阿姨簽名，後來我們看王子與公主還有很多片子。

到了最後，方阿姨又講了一本「螢火蟲去許願」的故事，我覺得今天好好玩啊！

繪本花園半日遊╱林容安

星期四的早上，太陽露出燦爛的笑容，今天是最值得期待的日子。因為，我將跟我的偶像方素珍老師見面。

從小，媽媽陪我看過許多有關方老師寫的繪本故事，我最喜歡其中的「小精靈的飛翔夢」和「小珍珠」。這些書讓我覺得有趣又好玩。到了學校，老師建議我們都要寫感謝卡給方老師，我寫的感謝卡是關於「花婆婆」的故事。

到了中午，吃飽了飯，大家正趴在桌上準備休息，這個時候，有一位穿著白上衣和馬靴的人，她穿得很時髦。哇！那是方素珍老師啊。她比我們想像中的還年輕，一個年過五十歲的方老師竟然那麼年輕。大家急急忙忙的把感謝卡和她寫的書跟她一起拍照，我跟媽媽也拍了幾張。方老師把她收集的書和她

親手做得書給我們全班看，有皮包書、帶子書、蝴蝶書、毛毛蟲書、口水書、枕頭書、洗澡書、迷宮書，和一些很有想像力的生動影片。

　　聽完方老師介紹許多有趣好玩的創作，讓我印象非常深刻。但時間過得很快，結束的時候，我們大家跟方老師拍照留作紀念。我非常喜歡「花婆婆」裡面提到的一句話：「為世界做一件最美麗的事情。」我相信每一個人都可以，也都有機會可以為世界做一件最美麗的事情。我們要一起跟著方老師一樣，為這個世界撒下美麗的種子。

繪本花園半日遊／曾心盈

　　方素珍女士因為老師的邀請來我們學校，進行「繪本花園半日遊」活動。

　　她給我們看了很多的書，有馬桶書、毛毛蟲書……等等的書。

　　她還給我們看了很多的影片，有早餐會跳舞、……短短的影片，早餐會跳舞這個影片很好玩，因為早餐竟然會組成一個人還會跳舞，很好玩。

　　方素珍女士很親切，是個笑口常開的人，我們大家都跟她要簽名，有些五年級的同學也想要跟她要簽名，有五年級的人還把她的簽名照用膠帶護貝起來，我們還和方素珍女士一起拍照，老師還拿鉛筆來有獎微答，可是老師到今天才發鉛筆。

　　昨天真是快樂的一天。

繪本花園半日遊／呂俊賢

星期四中午，方素珍阿姨來到我們班，因為大鳥老師辦了「打開想像的翅膀繪本花園半日遊」活動，所以方素珍阿姨才會來到我們班。

方素珍阿姨在班上拍照留念，很多人都跟方素珍阿姨要簽名。終於等到一點十分了，全部三年級都上去韻律教室，方素珍阿姨跟我介紹很多種書有：馬桶書、口水書、枕頭書、毛毛蟲書、手提袋書、洗澡書和蝴蝶書。

方素珍阿姨還讓我們看很多影片，我最喜歡影片中洗衣機的廣告片，因為這部廣告的作家很有創意。

方素珍阿姨也給我們看很多國小老師做的書有：英文、自然、校長和其他科任老師，最後方素珍阿姨介紹圖像詩呢！

方素珍阿姨依依不捨的離開了，三年級也走回教室準備放學。

我覺得今天的活動既有趣又有意義，我還學到寫圖像詩的寫法。

繪本花園半日遊／康芝瑀

昨天方素珍女士來我們學校演講，所以全部三年級都到四樓音樂教室集合。

一開始，方素珍女士先介紹她從外國收集的書，像是「鱷魚書」，然後再介紹她自己做的書籍，像是－「毛毛蟲書、手套書」。

接著我們又看了一些影片，有：灰姑娘、早餐在跳舞、把洗衣機幻想成海底世界…等，讓我印象最深刻的影片是「早餐在跳

舞」，因為他把早餐拼成一個人，真是神奇呀！

我覺得方素珍女士是個很有才華又有創意的人，我要向她學習，希望我以後也可以當個聰明的創意人。

繪本花園半日遊／蘇品嘉

容安媽媽在班上跟大家說方素珍女士要來，剛開始我還不知道，後來老師要我們看方素珍女士的書畫海報。

到了星期四方素珍阿姨來了，哇！好漂亮喔！

在教室裡有和方素珍阿姨拍照、簽名，方素珍阿姨的簽名好漂亮，是一隻天鵝好漂亮。還有方素珍阿姨簽名也好快喔！

後來我也要到一張了，後來三年級的同學都到韻律教室，方素珍阿姨介紹很多種書有：水書、枕頭書、洗澡書、馬桶書和全球最長的書。

方素珍阿姨還給我們大家看很多片子，有尿布加灰姑娘、早餐會跳舞、洗衣機裡有海。

繪本花園半日遊／鄭宇

我覺得方素珍阿姨很厲害，因為，他從國中就開始正式當一個真正的作家了。

我覺得方素珍阿姨昨天下午放給我們看的影片很有創意，因為其中一部影片是很有創意，因為其中一部影片是一個早餐變成一個很小的餅乾人，而且那個餅乾人還在跳舞，我覺得餅乾人跳得舞很好笑。

　　方素珍阿姨還介紹了各種材料的書譬如：手提袋書、超長迷宮書、口水書、馬桶書等等的創意書。

　　希望下次還有別的作家來我們三年級演講，這樣我們就會有更多學習的機會。

繪本花園半日遊／呂以平

　　昨天，方素珍阿一帶我們去參觀繪本花園。

　　花園裡有一棵大樹，彷彿在告訴我他成長的故事。他說：「我不是生下來就長得這麼高、這麼壯。當我還是顆小種子正在發芽時，剛好碰到梅雨季節，與淅哩嘩啦的下不停，我的小腳丫跟本站不穩，只好隨雨水漂啊漂。好不容易雨水停了，水退了。我趁機好好的把腳丫往泥土裡伸長、抓緊，並努力吸收養份，我感覺到我一直長高、一直變壯，雖然我也遇到颱風把我吹得東倒西歪，但是我很快就靠自己的力量站穩了。」

　　方素珍阿宜也告訴我們，他小時候不太會寫作文，但是考試的時候會考，所以方素珍阿姨不斷努力練習，現在才能成為優秀的作家。

　　謝謝老師安排方素珍阿姨來我們學校，聆聽方阿姨的演講，真是受益無窮。我也體會學習到「小時候就要努力學習，培養好自己的能力才能長得跟大樹一樣高喔！」

🐦 繪本花園半日遊／簡以欣

今天我們很高興的邀請到方素珍女士來為我們演講，有關她如何變成一位作家的過程。

方素珍女士說要欣賞別人的創意，自己也會有創意。方素珍老師還給我們看跳舞的早餐以及尿布和灰姑娘的廣告。

方素珍夫人也告訴我們世界上有木頭書、馬桶書、蝴蝶書、枕頭書、毛毛蟲書和手提袋書。休息的時候大家都去找方素珍老師簽名。我也有話方素珍老師的Q版，方素珍女士還要老師把照片寄給她呢！方素珍女士還給我們看「螢火蟲去許願」、雞腳凍和大便也有他的好處這些繪本真的是太有趣了。

我覺得當一位作家真的會很有趣，因為不但能欣賞許許多多有趣的繪本，還可以欣賞其他好笑的廣告片呢！希望我將來也要成為一位有名的作家。

今天方素珍女士來為我們演講實在是十分有意義。她不但啟發了我們創作的興趣，同時帶領我們走進繪本世界，讓我們體會到閱讀真的很有趣。

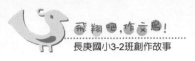

 柒‧蚊子電影院──一公升的眼淚

　　我們的電影院終於在11月29日開演了，真是「開張大吉」首演便轟動全校，來看電影的人潮真可說是「門庭若市」、「人山人海」，而教室裡更是「座無虛席」、「高朋滿座」，準備的椅子都還不夠用呢！下回一定記得要再多準備一些椅子，才能「有備無患」，讓來看電影的大、小朋友都能擁有「一席之地」，不必罰站或與其他人共坐，做為小主人這是做到「賓至如歸」的最基本禮儀。

　　「一公升的眼淚」由容安提名，獲得大家舉手表決一致通過，這部影片談「生命教育」，主角亞也因為罹患「脊椎小腦萎縮症」一種罕見的絕症，會漸漸失去走路及平衡的能力，但她不氣餒、不放棄，仍然樂觀積極快樂的生活而且她還希望像媽媽一樣能幫助別人，她活了二十五年十個月，她的生命雖然短暫但是卻「價值連城」，帶給人鼓舞和啟發的力量。

　　我相信大家看完之後一定有很多的心得感想要說，希望小鳥們能利用大鳥老師教你們寫作的技巧把感動寫出來！記得要注意段落和結尾，而且不要寫流水帳喔！還有如果能把「成語」和「美言佳句」運用進去，你的文章就會更出色喔，達到「一字千金」的評價喔！

　　小鳥們！加油了！

大鳥於文昌小屋 2007. 11. 30

🐟 一公升的眼淚／潘芸柔

老師放了一部片，叫作「一公升的眼淚」，好好看呵！老師好用心呵！那天晚上雖然我們晚到了一些些，可是那部片仍然很好看呢！可惜我和弟弟太晚去了。

一公升的眼淚主要是在說一個少女亞也，她自幼便羅患「脊椎小腦萎縮症」，這種絕症只會惡化、惡化，最後癱瘓在床，亞也是國中三年級跌倒的時候才發現自己有病，可是亞也並不氣餒、自悲，亞也一直開朗的保持笑容，最後過完了二十五年十個月的生命。

亞也不氣餒的勇氣值得我們學習。

🐟 一公升的眼淚／馬傑齡

木藤亞也得了一種，世界上不知道的病。我覺得這種病應該給十年後的科學來研究。

影片裡的大意是：亞也國中三年級的時候，跌倒不小心撞到下巴，去醫院檢查才知道她得了「脊髓小腦萎縮症」。那時候醫生說：「你會在十年後全身都不能動。」她知道後，醫生送她一個筆記本，要她記錄這十年來的狀況。她在二十五歲的時後真的全身都不能動。

我想這種病在世界上找不出答案。

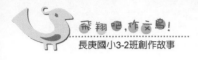
🐦 一公升的眼淚／陳玟妤

今天老師給我們看一部電影叫「一公升的眼淚」，裡面敘述有一個叫亞也的女孩，在十五歲時有一天她跌倒了，下巴受傷被帶到醫院檢查，才發現她得了「脊髓小腦萎縮症」，當症狀越來越嚴重，亞也被送到復健學校繼續求學，亞也很堅強，雖然有時哭的很傷心，仍然努力作復健；雖然行動不方便，可是亞也卻每天對著大家微笑，同時也努力求學完成了大學的學業。亞也雖然癱瘓在床上，但她也每天寫日記，記錄生活的感想。很可惜的是，雖然亞也樂觀的生活，但終究不敵病魔，在二十五歲時便結束了寶貴的生命。

觀看後，我覺得非常感動，亞也是一個非常開朗的女孩。雖然生重病，卻永不放棄自己。我們是健康的人，更應該努力向學。

原來健康地生活是一件多麼幸福的事情。

🐦 一公升的眼淚／張子昂

晚上媽媽帶我去3-2教室，因為今天我們老師辦了一個活動，讓別人來我們班看電影，片名是「一公升的眼淚」。

亞也跌倒了，結果去檢查發現她得了「脊髓小腦萎縮症」，後來她慢慢的能走路，她快要不能走路的時候，我就哭了，我趁沒有人看到的時候，就把眼淚擦乾了。

我的心得是：「我們應該要學習亞也，雖然她生病但是她很努力。」

演完了，老師請主持人來有獎徵答，很可惜都沒叫到我，另

外一個遊戲我也輸了，最後我們就一起拍照，今天真是開心又悲傷的一天。

🦢 一公升的眼淚／游博宇

我們班上舉辦了一場電影的播放，老師為我們介紹了「一公升的眼淚」。

故事的內容是在說一個女孩亞也，在十五歲時，突然發現自己生病了，那是很少見的病，卻發生在她身上，這個病讓亞也無法正常行走，而她為了不給朋友不方便和麻煩，她到特殊的學校完成學業，直到畢業前夕才知道她得到－脊髓小腦病變，不久她不能活動了，但她靠求生強烈的信念，一直到二十一歲，最後，她離開了大家。

亞也很勇敢，讓我很感動，我們要好好珍惜生命。

🦢 一公升的眼淚／簡以欣

星期四晚上七點到九點我們班開了一個電影電。我們放了「一公升的眼淚」放完以後，我們還有有獎徵答和寫心得大賽呢！真有趣。

一開始我們開始放電影。電影裡主角亞也得了脊髓小腦萎縮症。她跌倒了後才發現自己得了脊髓小腦萎縮症。後來亞也再也沒辦法控制她的手和腳了。最後亞也在二十五歲死亡，但是她活得非常非常的美麗。看完了之後我開始有獎徵答活動。這個活動裡答對的人可以拿到一個SNOOPY的卡套。

後來老師說還有一個活動那就是寫心得大賽。然後還有大獎和小獎，大獎也是前三名的可以先挑獎品。老師準備的獎品有手提帶、小信封和許許多多好東西。媽媽也有準備獎品，媽媽帶了自動筆、膠水和尺。有很多人喜歡那些自動筆呢！最後我們合照了一張美美的合照，大家都好快樂！

我覺得對亞也來說活著就很幸福了。

🦩 一公升的眼淚╱張菀庭

有一次在上課老師給我們看一公升的眼淚，我們要看之前老師有念書裡的大意，念到一半，老師突然哭了，念完以後，我們就開始看一公升的眼淚。

開始了，主角是木藤亞也，亞也以前得脊髓小腦萎縮症，等到亞也國中三年級才發現她自己得了脊髓小腦萎縮症，亞也回家自己做才藝表演的道具，當天亞也和其他同學去表演，每個人都搖阿搖，因為這首歌實在太好聽了，她們的老師不斷的讚美她們，所以每個人都高高興興的回家了，亞也本來從會走路一直到她過世的這段時間，亞也都很努力，所以亞也的夢想就是可以活著。

我覺得一公升的眼淚很感動，因為亞也是個很好的人，不知道為什麼這麼快就過世了，我真想亞也，亞也加油！我是一個很幸福的人，所以我要好好珍惜生命。

🦩 一公升的眼淚╱呂俊賢

今天老師辦了一個電影欣賞的活動，當時來了很多人，我差

點找不到弟弟，過了一下下電影開始了。

　　故事是在講一位國中三年級的學生木藤亞也上學跌倒後開始的，亞也跌倒時才發現自己生病了！她生的病是脊髓小腦萎縮症，亞也在高中三年級的老師跟亞也的家長講說：「我們沒辦法為了一個人把學校改善成三級殘障人士變方便的設備。」這時亞也聽到這句話哭的很傷心，她的爸爸媽媽就只能讓亞也去身心障礙的學校，亞也雖然在學校裡很辛苦，但是亞也過得很開心。

　　我看完這部片子後，知道亞也是有很強的自信心才可以活更久，所以我們更要相信自己。

　　我學到不管自己生了什麼病都要相信自己能活下去也要有堅強的自信心，我覺得活著就是最快樂的事了。

一公升的眼淚／呂以平

　　「一公升的眼淚」是一部很讓人感動的電影。

　　這一部電影的內容是發生在日本的一位高中女生木藤亞也的身上。木藤亞也得了脊髓小腦萎縮症。脊髓小腦萎縮症是一種很可怕的病，很容易搖晃，跑步時，會跌倒，腳會越來越沒力氣，站也站不穩、小腦會慢慢萎縮、講話時，會說得不清不楚，雙手和雙腳常常會抽筋，吃飯時，吃太快會嗆到，……。當時，沒有藥可以治療，到現在，也沒有藥可以治療。所以，木藤亞也的病情越來越嚴重。

　　好恐怖喔！想像自己也得了脊髓小腦萎縮症，能力，一點一點的喪失，生命也一點一滴的消失。真的，真的好恐怖喔！

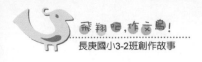

　　我覺得我真的很幸福，因為我想說、想吃、想站起來，想抓、想踢、想寫字、想讀書……，都可以隨心所欲。但是，有殘障的人，他們就不是那麼方便了。他們都需要我們的幫忙才行，但是，要先問過他們需不需要幫忙，如果需要幫忙，才去幫忙他們。

一公升的眼淚╱蘇品嘉

　　今天我們三年二班有開電影院，片名是「一公升的眼淚」，剛開始我第一個到教室，突然有人來了，我們大家一起幫忙售票、簽到，老師又要我去洗碗子、拿水果給大家吃，真的好忙。

　　電影準時要開始放了，由一號主持人跟大家宣布電影就開始了，女主角是位年輕少女木藤亞也是位國中生，有一天她上學跌倒了下巴受傷，過了幾天媽媽帶亞也去看醫生，醫生說：「亞也得了脊髓小腦萎縮症」媽媽聽了好緊張，慢慢的亞也行動越來越不方便了，亞也知道自己本來就這病，但是跌倒發現的。她離開國中到醫護學校，亞也她說話、寫字、走路和跳舞都很不方便，但亞也還是完成了表演。

　　亞也還每天把所有發生的事寫在日記裡，亞也最後到最早看病的醫院，現在亞也不能行走要靠輪椅，亞也在醫院可是明星了最後亞也二十五歲了，她最後還是過世了，亞也生前說：「活著就是一件很開心的事情。」

　　電影看完了，我的天呀！沒人哭，還有人在睡覺，再來是有獎徵答，是二、三號主持人，我是三號主持人，主持有獎徵答，好多人喔。

　　我的心得是亞也雖然她的生命很短暫只有二十五年，亞也活的很美麗，亞也說：「活著是一件很美麗的事情。」

一公升的眼淚／吳佑翔

　　今天放學時，我跟哥哥用飛快的速度往家裡跑，因為晚上要開蚊子電影院，片名是「一公升的眼淚」，是有一個得了脊髓小腦萎縮症的日本高中女生，她覺得自己雖然有不幸的遭遇，不過仍然可以跟別人過著生活，只要活著她就有希望。她的生命雖然很短暫，而在她快要過世的時候，還是很努力的跟病魔戰鬥，直到她累了，她才安祥的閉上眼睛，張開翅膀飛到我們看不到的地方，保護著我們。

　　這位勇敢又堅強的女孩亞也，她接受了很多治療，她覺得這只是一場遊戲，她用樂觀的態度做復健，讓不想做復健的老爺爺也來做復健，因為也看到她的笑容而激勵老爺爺來復健。最後亞也她多活了五年才過世，她把她的事情寫在日記本上，讓我們也能感受她的鼓勵。

一公升的眼淚／許沅程

　　十一月二十九日今天我們班晚上有放電影的活動，我們要放的電影是「一公升的眼淚」。

　　一開始很少人在班上，後來有很多人在班上，可是沒有其他人來，只有我們老師在班上，我覺得很奇怪為什麼沒有其他老師在班上？我突然想到全部的同學賣票給其他老師時，他們都說沒空。

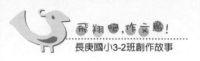
　　終於開始看電影了，這個電影的主角叫作木藤亞也他原本得了脊髓小腦萎縮症，可是他國中二年級時跌倒時發現的，後來他活了二十五年。

　　看完這部影片後，有獎徵答後老師請大家寫心得，我寫得心得是雖然亞也的生命很短可是亞也活得很美麗。寫完心得後我們開始玩遊戲，這個遊戲規則是找人猜拳，輸的人要把自己的心得念出來，還要把紙給對方，最多紙的人就贏了，後來第一名出來了，可是第一名卻不想要大獎，他想要小獎，最後大獎一個女生拿走了。大家一起合照後就跟大家說拜拜了。

大鳥建議 如果能加入心得感想會更好喔！

🐦 一公升的眼淚／鄭宇

　　我們班昨天辦了一場電影會，有很多人來我們班買電影票，我們幫老師賺了好多錢。

　　我們昨天看的電影片名是「一公升的眼淚」我邊看邊流淚，因為那個電影很感人。

　　可是我覺得很可惜，因為我看到一半媽媽就說：「家裡有急事」所以媽媽就把我接走了。

　　心得：我覺得每一個人都一定會遇困難，我們要幫助他們而不是欺負他們，等到我們需要別人的幫助，一定會有人幫助我。

🐦 一公升的眼淚／周念欣

亞也，因為從小就得了脊髓小腦萎縮症，但是她不但沒有抱怨，反而珍惜可以活在美麗世界裡的時光。

雖然亞也不可以跑步，不可以像正常人一樣做喜歡的事，但是她仍然高興的活著。

在我看完時我的感受不怎麼樣，因為每個人的命運不一樣，像有人窮、有人富有，但是這又不是我們能決定的，所以我們要嘗試怎麼改變，亞也有說一句話讓我記在心裡，那就是亞也說：「我可以活在這世界上，就是最幸福的事了。」

🐦 一公升的眼淚／陳昱睿

今天晚上，老師在班上播放了一部電影，片名叫做「一公升的眼淚」，我帶著媽媽走去學校，和老師、同學一起觀賞電影。

劇中，女主角名字叫做木藤亞也，罹患罕見疾病：脊髓小腦萎縮症，木藤亞也在初中三年級時，跌倒才發現此病，在她的求學當中，由於她行動不便，所以遇到了重重困難，但是她母親和同學都對她不放棄，反而幫助她，直到病況嚴重癱瘓在床上到死亡。

一公升的眼淚對我而言不只是一公升，而是滿滿的眼淚，女主角身殘心不殘，努力求學，想和媽媽一樣幫助人，所以我們要尊重別人，不要去可憐、同情他們，而是要去幫他們。

我們肢體健全、身強體壯，不應該殘害自己，想想那些肢體殘障的人，比較起來我們是很幸福的，「身體髮膚受之父母」，應該好好保護自己，才是孝順父母。

🐦 一公升的眼淚／賴姿蓉

這學期，我們班決定要放電影請大家看，主要目地是賺班費，因為大人花錢讓我們學習，我們當然要認真學習，但是不只學習喔！我們也要幫大人掙錢，因為這樣子我們才能當一個天真的「小大人」！

我們班放的電影叫做「一公升的眼淚」，大意是說有一位國三少女木藤亞也，在一次跌倒後發現自己得了「脊髓小腦萎縮症」但是亞也並沒有自暴自棄，反而還幫了好多人，直到她只能躺在床上為止，但是亞也的心仍然像天使一樣善良、溫柔，被她幫助的人，臉上都會掛著像太陽一樣燦爛的微笑，心裡也像火一樣不停的燃燒著，越燒越旺！

看完一公升的眼淚我的心得是：雖然亞也跟平常人不一樣，但是她的心卻比一般人還美，因為這樣亞也總能擁有很多好朋友，雖然亞也只活到二十五歲，但是我覺得她活的很美麗，就像「我看不見，我愛游泳」裡的主角小華一樣，小華雖然看不見但她克服困難努力打破100公尺仰泳紀錄，實在了不起，他們的生命散發光芒，「活著就是一件快樂的事」。

「生命教育」就是要教我們生命的寶貴，要怎麼珍惜生命，就像有些改編自真實故事的電影，例如：「海倫・海勒傳」、「一公升的眼淚」、「我看不見，我愛游泳」等都是在教我們，要珍惜、愛護生命。

一公升的眼淚／周倢妤

這天的天氣真好！我們班其中一個同學看到天氣這麼好，忍不住叫了起來。

為了不浪費這麼美好的一天，我們決定今天晚上要邀請一些人來我們班看電影，片名是「一公升的眼淚」。

晚上終於到了，等客人都到齊後，我們就開始放電影了。

影片中提到有一個國中三年級的學生亞也。有一天跌倒而爬不起來。媽媽趕緊帶她去看醫生。經過詳細檢查，才知道自己得了脊髓小腦萎縮症。醫生送亞也一本日記本，要她把每天的事都記下來，來練習她的作文能力。等亞也去世後，媽媽就拿出她寫的日記本，整理成一本書。

看完了這部影片後，讓我們知道雖然亞也的生命很短暫；但她活得很有意義。也讓我們知道應該要多幫助身心障礙者。

從這部影片可以讓我們知道要好好珍惜生命。因為活著是最快樂的事。

一公升的眼淚／邱柏政

這一天晚上天氣非常好，我們班舉辦小小電影院，我們要看的片子是「一公升的眼淚」，我覺得非常好看，因為有一位國中女生孩得了脊髓小萎縮症，那個女孩叫亞也。

亞也在國中三年級跌倒才發現自己生病了，造成她的生活有了重大轉變，但她在朋友和醫生的幫助下一直努力的活下去，醫生也鼓勵她寫日記，學校的校長說：「我們不可能為了一個殘障

的人，而要改變校內設備！」所以亞也的媽媽讓亞也轉學，在另一個學校畢業了，可是亞也的病情也慢慢的惡化。

亞也的身體慢慢的變得不能動了，可是她還有許多夢想還沒完成，她有堅強的求生意志，讓她有想要活下去的決心，她又重新振作起來了。醫生為了延長亞也的生命要她做復健，亞也的身體一天比一天更嚴重了，因為她一直沒有放棄自己，她努力復健也成功了延長自己的生命，她已經快要不能動了，還是聽醫生的話持續寫日記，雖然身體已經不能動了，但她還是想要幫助別人，她的精神真令人敬佩。

雖然到最後亞也還是去世了，但她的日記替她的生命劃下美麗的句點，相信也確實幫助了許多人。

一公升的眼淚／林容安

這學期彩鷥老師提出要在班上開電影院的構想，我很興奮也很期待。影片是由全班同學推薦，再由全班一起投票表決。我推薦了「一公升的眼淚」這部影片。果然，「一公升的眼淚」被大家選了出來，真是太棒了。雖然我在暑假已經欣賞過，但是這是一部很好的影片，所以我想再看一次，並且和同學分享。

影片中的故事主角亞也，是一個非常勇敢的女孩子。本來她也是正常人一樣健康、活潑快樂的生活。一直到有一天，她發覺自己常常跌倒，去看了醫生，才知道自己得了少見而且沒有藥物可以醫治的「脊髓小腦萎縮症」。得了這種疾病，會使身體的每個部位愈來愈不聽使喚，身體愈來愈不能動，有時候連呼吸都有

困難，但是亞也仍然追求自己的夢想，克服身體的極限，努力求學，在她整個身體都不能動，只能躺在床上靠呼吸器幫助呼吸的時候，仍然想盡辦法將自己的生命寫在日記裡。

　　欣賞完這部影片後，我覺得很慚愧，亞也身體不好都知道要好好努力，追求自己的夢想，我是一個健康的人，卻不知道要好好努力，我應該要向亞也姐姐學習，認真用功才對。媽媽說：「世界上最幸福的事情是擁有一個健康的身體。」我真的很幸福。

一公升的眼淚／郭珈妤

　　有一天，老師說：「我們要辦一個電影活動。」要放什麼電影由我們自己決定，有人說「一公升的眼淚」、又有人說「神隱少女」……。經過我們大家的討論後終於選出來了，是「一公升的眼淚」。

　　老師說要我們先看這部電影，這是描寫木藤亞也十四歲到二十五歲的故事。

　　亞也有一次突然跌倒，去看醫生才知道自己得了絕症，不過她沒有很難過，後來醫生建議寫日記，之後她漸漸不能走路，後來就躺在床上，爬不起來，可是亞也覺得活著是一件快樂的事，不過最後她還是死了。

　　看完這個故事我好感動。

🐦 一公升的眼淚／曾心盈

我們三年二班要放電影，片名是「一公升的眼淚」。

那天來了好多客人，首先是主持人一號馬傑齡他說：「大家晚安！現在電影要播放了，請大家坐好。」接下來電影就開始了。

電影的主角是木藤亞也，她國中三年級的時後跌倒了撞到下巴，發現她得了小腦萎縮症了，可是她一點也不難過；還想要幫助別人。

我的心得是亞也雖然得了小腦脊髓萎縮症，可是她一點也不傷心。她的生命在她二十五歲的時候死了，亞也雖然不能活下去，但是我們會記住她的。

🐦 一公升的眼淚／游博宇

亞也在她國中的時候，有一次跌倒發現自己得了「脊髓小腦萎縮症」，她還是快樂堅強的過完她的人生。

亞也到她十六歲的時候校方不收她，她只好去殘障學校上課，她畢業後因為病情惡化，就只好住在醫院裡，可是她還是一直努力寫文章、日記、作文，到了二十一歲都完全不能動，到了二十五歲在病床上過世了。

雖然亞也的生命就只有二十五年六個月，但她覺得活得很開心，她的心願是幫助很多有困難的人，但心願依然沒成真。

我們應該幫有因難和需要幫助的人，這樣自己會很開心別人也會很開心，我們應該要學亞也打不倒的精神和有愛心的人幫助因難的人。

一公升的眼淚／吳東翰

我在三年級上學期十一月二十九日的這天跟老師和同學一起看「一公升的眼淚」。我覺得很好看也很感動，有些同學還流下了眼淚。

故事內容是敘述亞也在國三的時候，發現她得了脊髓小腦萎縮症。醫生為了要救她，就讓亞也每天寫日記訓練亞也的腦部，亞也一直很努力的去做，他雖然活到二十五歲，但是最後終於敵不過病魔，過完了她的一生。

我覺得亞也很堅強，因為亞也的生命雖然很短暫，但是她努力的去做她的日記，而且她的生命是很美麗的。

我們應該要好好學習亞也的勇敢與堅強，如果我有朋友像亞也一樣，我會去扶她、鼓勵她。

一公升的眼淚／張孫齊

前幾天老師舉辦了一個「小小電影院」，我不能去，我覺得很遺憾，後來媽媽帶著弟弟去看了。

媽媽和弟弟到學校的時候，已經有很多的同學和家長都已經到了，然後，燈突然熄滅，原來電影已經開始了，片名是「一公升的眼淚」。

「一公升的眼淚」女主角是「木藤亞也」，她不幸得了一種罕見疾病叫作：「脊髓小腦萎縮症」，它是一種沒有辦法治療的絕症。這種症狀會讓「木藤亞也」肢體癱瘓、吞嚥困難、無法言語……，這種疾病會讓她在生活上，造成許多困難，也會在學習

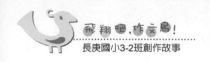
上發生一些不方便，比如說：「上下樓梯的時候、吃飯的時候、上下床的時候、穿衣服的時候、寫字的時候……」會造成她的不便，「木藤亞也」靠著家庭、同學、朋友……的力量來支持她能夠對抗些病魔。

我覺得「木藤亞也」雖然生命很短暫，可是她活得很精彩也很美麗，她這種不屈不撓勇敢奮發的精神，是我們大家學習的榜樣。

一公升的眼淚／康芝瑀

亞也在國中三年級的時候跌倒，媽媽帶她去醫院檢查，醫生說亞也得了「脊髓小腦萎縮症」。

可是亞也每天的心情都非常非常的好，可是到最後心情很悲傷，因為她從十九歲、二十歲的時候就已經不能動了，可是她到了二十五歲的時候就過世了。

我看完了這部影片，讓我學到我們不需要同情別人，也不需要可憐他，我們只要幫助他就好了。

一公升的眼淚／陳聖哲

亞也是一個女生，她十四歲的時候在路上跌倒，媽媽帶她去醫院看醫生，經過檢查之後，才發現自己得了「脊椎小腦萎縮症」。

自從亞也得了小腦萎縮症以後，她寫字或是做事的時候，手和腳都會發抖，醫生說：「亞也連結婚都不行。」亞也難過極了，因為她不能跟一般人一樣結婚生小孩，但是亞也並沒有因此而一直傷心，反而振作起來努力的活下去，幫助別人。

　　我覺得她很棒，因為她忍受著痛苦，說：「只要能幫助別人就好。」完全沒有因為她的疾病而放棄對人的關心和幫忙，真是值得我們學習。

一公升的眼淚╱趙尉豪

　　晚上七點快到了，大家都興高采烈進入教室，還好媽媽即時趕回來帶我，不然就看不成了。

　　女主角得了「脊椎小腦萎縮症」，怕朋友知道於是常躲著朋友，在這中間發生了很多感人的事，但還是躲不過病魔。

　　在我身邊的人要好好珍惜。

　　電影結束後接著是有獎徵答，我也得到獎品。

　　我覺得好好玩，真是快樂的一天。

捌‧城鄉交流──長興國小參訪活動

這個寒流來得真不是時候，我們要到長興國小參訪，他也來湊熱鬧，以欣媽咪怕大家冷還特地去買暖暖包給大家用，出門時圍巾、帽子、手套、外套，準備齊全，以為山上會多冷，原來我們把太陽公公也給帶上山了，太陽公公笑著臉歡迎我們，所以到了長興一點都不冷，有的小朋友還說好熱喔！念欣居然還穿短袖衣服，實在有一點過份喔。

97年新春伊始，我們3-2和4-1班便安排一個城鄉交流的活動，到長興國小參訪原住民小朋友，感謝容安媽媽和以平媽媽精心規劃，我們的城鄉交流活動，第一站到角板山的泰雅文物館參觀，聽達利叔叔說他紋面的心願及想法，達利泰雅的意思是出生時比一般嬰兒小很多。達利也為我們唱歌和演奏，我們聽到難得一聞和一見的口簧琴演奏，口簧琴是泰雅的傳統樂器，因為聲音很小，只專門彈給枕邊的愛人聽，今天達利帶了太太來所以他說可以為我們演奏口簧琴。聽完解說達利叔叔還送了五張他自己作詞作曲出版的音樂CD，第一個自願上台接受發問的是秉惠，原來以為題目有得難結果卻是出奇簡單。蔡岳章得到口簧琴而且還吹奏了起來，真是很難得的經驗。

到了長興國小比預計時間還晚，所以便馬上展開活動，歡迎歌舞是阿美族健康操，剛好我們三年級小朋友也會跳，於是大家就大展身手了！接下來是文輝老師指導我們泥塑，趁著這個空

檔我帶領家長去參觀長興校園，因為天氣關係無法清楚看到美腿山的倩影甚是可惜。時間實在太短促，一會兒便到了午餐時間，以欣說：「長興和長庚不同，長興的飯實在太好吃了！」我已經有好長一段時間沒有吃到范媽媽煮的飯了，所以也覺得特別的好吃，多吃了一碗，真的好吃！

下午的陽光斜斜的照過來，孩子們在操場上打躲避球，長興的阿耀和振宇加進來，氣勢完全不同，原本最強的東翰、鄭宇、佑翔都不是阿耀的對手，阿耀成為大家的偶像和英雄，躲避球重重的打在茹翊頭上也滾落圍牆下，下課鐘聲也適時響起，結束了這場友誼躲避球賽，孩子們見識到對手的強悍，也開了一次眼界。原來「人外有人，天外有天」、「強中更有強中手！」

送禮物時間到了，長興和長庚列隊相向，長興的小朋友開始唱起原住民歌曲，嘹亮的歌聲響在山巒，原本還羞澀的心終於打開，雙方開始握手送禮物，除了送每人一份一樣的禮之外，也有各人另外送的禮物，阿耀一下子成為大家送禮的對像，他今天可是大家的偶像呢！昱睿班長也帶了一份禮在大家的起哄聲中送給了一位美麗的小女生。

在兩列歡送的隊伍中，我們依依不捨離開長興，四年級小朋友問我：「彩鸞老師，你什麼時候還要帶我們到長興？」喔！原來他們也愛上這個可愛的學校了！預約下次的見面吧！我們還有泥塑作品尚未拿回來呢！

遠山開始含笑Say Good bye，再見了美麗的長興！再見了可愛的長興小朋友！老師永遠記得你們的熱情和可愛！祝福你們健康

快樂！快樂學習成長！

「長興最棒！長庚最強！」這二長的學校，校園的美景、學童的笑語，這一輩子將永遠伴隨著我的記憶，印在腦海裡；印在心裡。

2008. 01. 03 23:00 於文昌小屋

小鳥嘰嘰喳喳──長興參訪印象最深刻的地方

1. 我印象最深刻的地方是當我們送出禮物的時候。因為送禮物的人和收禮物的人都很高興。（以欣）

   （大鳥：以欣很有愛心喔！謝謝大家樂情參與贈送禮物給長興小朋友。）

2. 我最印象最深刻的是在長興國小的時候因為他們原本要跳原住民舞蹈可是天氣太冷所以才跳有氧舞蹈，結果他們跳的舞是我們運動會跳的所以我們都會了。（心盈）

3. 在長興國小，玩躲避球的時候，有一個大哥哥丟一個「轟烈爆球」好強阿！我也想要有這種力可以丟這種球！（鄭宇）

4. 在長興國小，打躲避球的時候，有一個大哥哥加入我們，結果他被打出界外，他要我傳球給他，後來他投了一個快速球，剛好打中一個女生的頭，球就飛了起來，然後就不見了，我們找了好久才找到，原來是飛到他們的廁所，希望以後也能成為這麼會玩躲避球的人。（佑翔）

5. 在家裡的時候（玟好）（**註記：當天玟好沒參加**）今天早上，
   我起來看著窗戶，我看到有好多小朋友上巴士，我知道那天有
   校外教學，我覺得在家裡好無聊喔，可是待在家裡也不錯，因
   為可以看到上課的時候看不到的節目，可是四點半一到，我看
   著窗戶看到巴士，他們回來了，可是我也好想去喔。

6. 昨天我們去長興國小，先去博物館參觀，有一個人他叫達利，
   他是一位泰雅人，他彈吉他、吹口簧琴給我們聽，還講解原住
   民的生活呢！接下來我們走羅馬公路去長興國小，路上經過有
   看到羅浮國小。到長興我們與小朋友打躲避球，友人的後腦杓
   還被球打到，我們還有作泥塑的課程喔！（菀庭）

7. 我對長興國小印象最深刻的地方是他們很會打躲避球，但是他
   們打躲避球的目標是頭，我覺得很危險，我很想告訴他們請他
   們改進。（涵榕）

   （**大鳥：我會把你的建議告訴他們，希望他們一定要改進。**）

8. 我們去長興國小印象最深刻的地方是他們的手藝。那些大哥哥
   大姐姐做的泥條圖都非常漂亮。有的做手掌、有的做花朵，他
   們各有各喜歡的圖案，真好。（容安）

玖‧台北世貿國際書展演出相聲──我們上報了

Dear爹地and媽咪：

　　光陰似箭，日月如梭，轉眼學期即將結束，感謝這一學期以來大家的配合協助和幫忙，尤其是有幾位熱心的媽媽們總是很支持和贊助各項活動，讓我倍感感動，活動也因此而進行的很順利！學期就要結束了，對於學童們的學習和表現，我覺得很欣慰，以擔任他們的導師為榮。

　　我在平鎮市民大學開了一門「社區影像讀書會種子教師培訓」課程，培訓影像閱讀教師到各社區推廣影像閱讀，我們合出了二本書：「來看電影」和「人生如戲」由秀威資訊科技有限公司出版，2月14日到2月18日在台北世貿中心有一個國際書展的展期，我很榮幸被邀請作者隨書登台演出，規畫帶領3-2班學童去參與演出，已確定全班參與演出課文「成語動物園」，本演出節目將在下星期一上午在本校視聽教室演出首演，歡迎各位家長前來觀賞與指導。另外2月14日星期四也要帶全班同學到台北市貿參與演出，可能需要更多的志工媽媽協助幫忙帶領小朋友，也請大家盡量抽空協助感激不盡！因2月14日為下學期開學第3天，為利活動進行順利乃提前規畫，請各位家長填寫以下「校外教學」同意單並踴躍報名參加！謝謝大家！並祝大家新年快樂！闔府安康！

大鳥老師　敬上

2008.01.11

我們登上國語日報

97年2月14日星期四，開學的第三天，我們就整裝到台北世貿參加國際書展的小朋友說相聲活動，這一天又是寒冷陰雨的日子，好像要出門都會先陰冷後出太陽一樣。想起到長興國小參訪的日子也是寒流來襲又濕又冷，可是到了長興太陽卻出奇的大和耀眼，我想今天應該也會出太陽吧！果然是這樣，剛開始陰濕寒冷後來天氣就轉好了。感謝所有參與的爸爸媽媽，還有鄭宇的奶奶也來了，真感動！因為有您們熱情的參與和協助帶領小朋友參觀書展的各攤位，活動進行得相當順利，孩子也留下一個美好珍貴的回憶。

在等待表演參觀書展活動時，我特地逛了一下會場，還好有各位爸爸媽媽協助帶領，不然真不知如何帶他們逛這麼大一個會場呢。本次邀請國際區的參展出版社共360家、252個攤位，國內出版社有327家共1586個攤位，分屬在世貿的三個館展出，參展出版社們都攜手在書展的六天期間內（2/13～2/18），努力展現特色，配合著各主題館的展覽，讓民眾有個「閱讀，快樂的異想世界」！我們應邀參與演出的是「秀威資訊科技有限公司」舉辦的「幸福‧樂活」活動，活動內容包含BOD出版品展售、本土作家的嘉年華會、座談會、POD現場印書秀等。

你們代表大鳥老師上台演出，因為大鳥老師也是秀威資訊科技有限公司的一位作者，我們演出「小朋友說相聲」節目特殊，

尤其是敏銳的心盈媽媽，看到有一位工作人員拿著招牌在會場巡迴廣造，馬上「靈機一動」要我們全體穿著表演服裝到會場繞場一週，因為你們可愛和活潑的造型，吸引了很多的觀眾圍觀過來，一位國語日報的陳記者也趨前來採訪我，他問我演出地點和時間，他保證一定會採訪我們。

上台表演時有一點兒亂，我有很嚴重的挫折感，佑翔臨時怯場，男主角少了一位，好可惜！節目進行前我已和家長說好，等表演完成後大家一起來合照幾張照片，但是天不從人願，當台上正在進行相聲演出時，陳記者來了，他訪問我一些問題，這時隊伍一下子慌亂起來，主持人又在那兒推銷我的圖書，好幾個熱心家長和觀眾在看書、買書，等我回過神準備照相時，小鳥們已經把服裝都換回原來的衣服了，真可惜！不過有一點收穫是得到國語日報陳記者的採訪，他說明天稿擠可能會在後天星期六刊出，我怕他沒有刊出來，向他要了一張名片，「有備無患」萬一他沒有刊登出來，我可以向他要照片。

2月16日星期六我留意國語日報，沒有登出來，有一點失望！第二天星期日又搶先去看國語日報，還是沒有登出來，失望的心情更甚了，幾乎跌至谷底了！我想陳記者大概不會登了，明天星期一就來問問他吧！

2月18日星期一進教室，就有好幾個人迫不及待歡呼的告訴我：「大鳥老師！我們上報了！登出來了耶！是鄭宇、東翰、聖哲和孫齊的照片，好漂亮喔！還有長庚國小的名字和老師你的名字喔！」報紙是子昂拿來的，他一早就發現了，哇！真的好高

興！到此，我懊惱的心才放下來，雖然陳記者來訪打亂了我們的計畫，但是他把我們的活動刊登出來，也算是一種補償和收穫吧！（這一天我們都圍著這個話題嘰嘰喳喳講不停，興奮之情溢於言表，真可說是春風得意！聽說子軒的報紙──子昂向子軒借的還因而撕破了呢！）

這真的是一次奇妙的經驗，有錢也買不到。感謝以欣媽媽出了二次的經費，讓小鳥們有漂亮的表演服飾可穿；感謝心盈媽媽心思敏銳讓我們秀出漂亮的服飾和隊伍，引來「人山人海」觀眾和國語日報記者；感謝所有參與的家長──以欣媽媽、以平媽媽、心盈媽媽、沅程媽媽、俊賢媽媽、班長媽媽、子昂媽媽、鄭宇爸爸媽媽奶奶、佑翔媽媽、孟霖爸爸等，您們的付出讓我感動！我無法表達自己的謝意於萬一，只能謹記在心！謝謝您們！也期許自己要更加用心，用愛帶領這一群活潑可愛嘰嘰喳喳的小鳥們！（特別感謝孟霖爸爸，孟霖剛從森小轉回來，就參與我們的活動！）

「荒漠甘泉」一書有一句話說：「你行走，腳步必不狹窄！」我個人很喜歡這一句話，在這裡也拿這句話來與小鳥們分享！先不要問我做了這件事會得到什麼好處？先去做就對了，做了你就會找到方法，有一天成功就是你的！大家加油了！

大鳥於興華小屋 2008.02.19

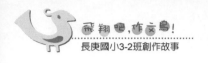

書展奇遇記／吳佑翔

　　彩鷥老師是我們三年二班的級任老師，她有一本書「來看電影」要在二零零八年世貿書展展出，所以老師想趁這次機會帶我們去書展表演相聲。同學們都躍躍欲試，但我的心情很矛盾，不想上台，可是又很想去書展逛逛。

　　一大早大家就在教室集合，不到十點遊覽車就把我們載到世貿會場了。因為表演的時間還早，所以老師讓我們去參觀。我和陳聖哲一組，媽媽帶我們兩個去了各式各樣的攤位，有的賣傳統紙書，有的賣有聲書、漫畫書，有好多的書，這是我生平第一次看到規模這麼大型的書展，讓我看得眼花撩亂，好像走在一座書的迷宮。

　　中午用過餐後，我們到蘇荷美術攤位做胸針，我覺得很好玩，同學也覺得很有趣，我們又多了一個書展的紀念品。

　　下午回到表演場地，大家都在換衣服時，我卻在角落哭泣，結果大家都歡歡喜喜上台了，只剩下我一個人。表演聽說很成功，還有國語日報的記者來訪問老師。幾天後同學竟然上報了，真是出乎意料之外。

　　老師說我浪費了一次上報的機會，我要克服自己膽小的心，希望能不要怯場，勇敢的上台，完成老師交代我的任務。

大鳥老師愛的回饋

我以前也很害羞不敢上台，就像現在上台也還是會緊張說話結結巴巴，但還是要上ㄚ！下一次你就硬著頭皮管他三七二十一，勇敢的上台，保證有不一樣的效果和豐收喔！（新書發表會時我想請你當主持人喔！）

📖 書展奇遇記／簡以欣

二月十四日是我們要到台北世貿國際書展表演的日子，

當天我們做了許許多多有趣的事情。

我們來到書展後就把背包放下，每一組都自己去逛街，看書。我們那一組一會兒跑到這，一會兒跑到那。後來我們發現了一間慈濟。那裡有漫畫書可以學靜思語；睡前可以聽得CD；可以救人的存錢筒和靜思語…等等有意義的東西。

下午時，老師把大家都叫回來了。因為我們的表演的時間快到了。表演結束後，大家都會輪流說自己演的是什麼，

因為我演的是兔子所以我說我演的是兔子。

後來，尉豪竟然說他演的是獅子！？

成語動物園裡沒有這個角色啊？

我真的搞不懂。

去世貿表演真是一個十分有意義的活動。

不但可以看書和買書，還可學知識呢！

📖 書展奇遇記／曾心盈

我們要去書展表演課文的「成語動物園」相聲，我們到的時候，我看到很多的書，忍不住說：「哇！好多書喔。」我們趁還沒有要表演的時候，決定要去逛一逛。

媽媽帶著我們一起去逛書展，我有看到米老鼠、彎彎，我還聽到古典音樂喔！到了中午我們回去吃飯，下午我們又去搭那個很大很大的電梯，從電梯可以看到外面呢的世界呢！

我們換好衣服就要開始表演了,我帶著緊張又興奮的心情上台表演,老師還看到「記者」喔,我們還上報呢!

我的心得是好恐怖呢!可是又好好玩喔!

書展奇遇記／洪茹翊

今天是我們表演相聲的日子,老師帶著全班,向世貿的路線前進。

到了世貿,我們看到人山人海的人擠在世貿大門前,好不容易,終於輪到我們,一進世貿展覽館,看到了好多書店。

老師說我們可以自由行動,一轉眼的時間,大家都不見人影,我也開始自由行動,我看得眼花撩亂,不知道要往哪裡走,正當我很高興的在看書時,表演的時間到了,我飛快的跑回去換衣服,表演的時候,有記者來拍照。

第二天,我們上報了,雖然只拍那四個男生,但我很高興,因為這是我們班努力的成果。

書展奇遇記／呂以平

三年二班很幸福,因為彩鸞老師出了二本書,被獲邀到世貿書展表演,所以我們可以當老師的「跟屁蟲」。

表演前,我們穿著表演的衣服遊行繞展覽三館一週。沿途中,聽到很多大人說:「好可愛喔!這是什麼節目?」於是,當真正表演的時候,吸引了好多人來圍觀,我們也就表演得更賣力了。而且國語日報的記著叔叔也有採訪彩鸞老師,我們還上報喔!

書展裡，我看了許多書，有管家琪阿姨的、方素珍阿姨的……。真希望時間暫停，可以一直在書堆看書。

這次校外教學真特別，不是去玩，而是去表演。

書展奇遇記／郭珈妤

開學了！這幾天很緊張，因為世貿書展邀請老師及帶領我們去表演相聲，也順便參觀書展，學一些上課時無法學習到的知識。

在世貿館內，人山人海，有各式各樣的書，琳瑯滿目，讓人眼花撩亂。我在一個攤位上經由推銷員介紹了地球公民及陰間的故事等，內容生動又有趣。

表演了，有些人說相聲，有些人穿著動物的服裝，栩栩如生，大家都十分認真，好不生動，台下的觀眾都熱烈鼓掌，所以同學們都滿載而歸。

這次的活動很有意義，可以認識很多種類的書及增進彼此的團隊默契，大家都很欣賞我們的表演，還有國語日報的記者把我們登在報紙上，所以我們上報了！希望下次還有這樣的活動。

書展奇遇記／馬傑齡

有一天，老師帶我們去看書展和表演相聲，我們在車上時有人在聊天和玩。

到了那裡我們就分小組在分散，有小組去吃東西，我的小組在書展區逛了逛，之後我們就去吃午餐，午餐是便當再來就表演相聲。

我覺得書展很大又有很書可看。

🐦 書展奇遇記／游博宇

今天我們要去台北世貿表演,我們分成好幾組進去,後我們大家就分散開來,我看到好多種書,我還有去抽獎,結果抽到一枝螢光筆,老師限定的時間已經到了,所以大家都回到原本的地方。

我們集合後就馬上吃飯了,吃完飯後我們就去美術館做別針,之後我們就去表演了。

表演時我們先吹直笛,再說相聲,表演時我覺得好緊張,之後就不緊張了。

最後我們說相聲,還上了國語日報呢!

🐦 書展奇遇記／潘芸柔

97年2月14日,今天要去書展表演,一上遊覽車,心裡好緊張。一到世貿,看見這麼大的場面,好多的人,好多的書,那些我都沒看過呢!

進去之後,我看到一個形狀奇特的電梯,它的外形像一個膠囊,而裡面的人就像是膠囊中的藥粉一樣,好好笑ㄛ!

在書展當中,我看到一本雜誌,我好喜歡看ㄛ!

之後,我們就去表演了,輪到我們上場時,心想:怎麼這麼快。但還是上去了,一表演完才放心。

後來有同學拿報紙給大家看,才知道自己上報了。後來決定,以後如果有類似的表演,自己一定要參加!!!

書展奇遇記／蔡思賢

　　上星期，老師帶我們去台北，我們的行程是：早上參觀書展；下午要到台北巨蛋表演相聲。

　　在靠近機場時，我看飛機起飛的樣子，很帥耶。

　　一到書展會場，大家就去看自己想看的書，在那裡有很多很多書，當然也有我最愛看的漫畫－彎彎，後來我們還看到用毛筆畫的故事書。

　　可是，因為參觀書展的人很多，我們這一組不知不覺的竟然走丟了，幸好，我們有遇到老師，我們就和老師同一組了。下午的時候，我穿上表演的衣服，準備登台表演，在宣傳表演時，因為場地實在太大了繞來繞去，我都頭昏眼花了。正式表演時我太緊張了，結果時間還沒到我就下台了，真是糗斃了。

　　不過，我們的表演在國語日報上被刊登出來了，大家都感到非常光榮。這次表演能夠如此成功，除了得謝謝老師的用心指導，當然全班的團結合作也是功不可沒的。希望下次還能有機會去表演給更多人看。

書展奇遇記／林容安

　　老師今天帶我們全班去臺北世貿表演相聲，所以我們就搭車走了。下了臺北交流道時，老師還一直提醒我們表演時，一定要大聲的說出自己的台詞。

　　到了世貿，我們分組進行，我們一組一組的去逛書展。突

然，我和張菀庭迷路了，我們跑來跑去，一直找我們班的休息區，然後，我們跑到一個地方，正好遇到班長的媽媽，後來我們就跟著回去了。

下午，我們一起去做胸針，那邊有各式各樣的線條，真有趣，回來時，我們的休息區旁邊的電腦區，我們還在那裡玩電腦呢。

表演相聲時我負責演「打草驚蛇」我拿了一根竹棍子，像打蛇一樣打出來，我有一點緊張，所以還沒擺好姿勢讓老師照相，就匆匆忙忙下去了。老師說沒拍到相片好可惜喔！

這真是一次難忘的經驗，國語日報還把長庚國小和彩鸞老師刊登出來呢！真希望下次還能來參加書展。

書展奇遇記／蘇品嘉

老師在二月十四日帶我們全班一起參加書展。

老師說自由時間的時候，大家早和小組的人員走了。

我有看到一個扮米老鼠的人偶，對著我們招手，還有介紹古典音樂，我還看到老師出的書，有「人生如戲」、「來看電影」之後我們這組發生了一個好笑的小事情，我們在看書展時突然小組他們全都不見了，我和涵榕很緊張，可是不想哭只想笑，在人潮中笑，後來找到小組了。

到了午餐時間打開便當一看，真是山珍海味呀！又到了自由時間我們這組是第一個出發，我們到二樓坐透明電梯真是新鮮，等我們回來大家早就去做胸針了，所以沒有做到胸針有一點失望。

大家都回來了，全部的人都換上相聲的衣服，老師就帶我們

全班去遊行，非常受歡迎。接著我們的相聲表演就開始了，題目是「成語動物園」，這個表演非常有意義，原因是這個表演是和動物有關的成語。

國語日報的記者來採訪,所以我們就登上報紙了。

書屋奇遇記／陳聖哲

星期四老師帶我們到台北世貿表演相聲。一大早大家懷著興奮的心情坐上了遊覽車，不久就到了目的地──台北世貿中心。

首先我們來個拍照留念，然後享受美食吃一些雞塊、可口可樂和鬆餅，最後還有抽獎，本來可以抽到MP3的，但是MP3與我無緣，雖然沒抽中，但是我還是很開心。我們走呀走，突然吳佑翔看到自己喜歡的書，書名叫做「活寶8」，他媽媽二話不說就買給他，真好。

我們繼續走到先前的集合地，吃完飯後就開始換裝遊行，我換的是書生的裝扮，開始表演時心裡緊張萬分，這時腦袋裏浮現媽媽交我把觀眾當成一顆顆石頭，真的很神奇，說也奇怪緊張的心情開始漸漸緩和下來，我們完成了表演，觀眾抱以熱烈的掌聲。

我覺得今天的表演真是有趣，令人回味無窮。

書屋奇遇記／張菀庭

這次去書展是為了我們要表演相聲和直笛，為了這次的表演我們做了很多努力。

首先，要先分組，我們是第二組，分組後我們就可以先各自

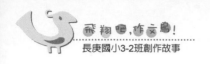
去看展覽，我看到各式各樣的書有手工書、畫畫的書、縫東西的書，我最喜歡畫畫的書，因為裡面有各式各樣的動物和人，所以我最喜歡這一本書。

輪到我們上台表演，先吹直笛給大家欣賞，曲目是「瑪莉的小羊」、「月光」和「搖籃曲」，在表演的時候，看到台下很多人，我很緊張。表演相聲的時候，我還看到下面有一台大大的攝影機，又加上，下面的觀眾簡直就是人山人海，不知道該怎麼辦，真想趕快表演完，趕快下台。

我覺得戶外教學是很有趣的一個活動，像這次去書展可以學到怎麼寫一本書，還可以學到很多知識呢！

📖 書展奇遇記／鄭宇

今天老師帶我們台北世貿去表演說相聲，因為我們老師是作家，我們才有機會去那裡表演真是個難得的機會啊。

在等待表演的時候，老師讓我們先去參觀書展，哇！這裡的書還真多呢！我看了幾本書覺得很不錯，可是媽媽覺得不需要，所以不讓我買。

快到表演之前我們都換好衣服，爸爸媽媽就幫我們照相，因為來參觀書展的人很多，所以為了吸引人潮，同學的媽媽便提議我們穿著表演服裝去遊街，以便吸引大家待會來觀看我們的表演，這個方法似乎很有效，等到換我們上台表演時，果真吸引了許多人潮，甚至還有國語日報的記著前來採訪老師，並且拍照；因此我們都上報了。

心得：我覺得這次的表演真是個難忘的回憶，全班同學都非常努力的完成表演，也謝謝老師讓我們有這個機會表現。

書展奇遇記／蔡孟霖

今天我們要去展覽會表演相聲，大家都很開心，也很緊張。

我們等到表演前，我的同學要去上廁所；在外面等他的時候，我們先去看別的東西，結果他出來的時候，卻找不到我們；他很緊張一直找不到我們。我們也一直找不到他，真是急死我們了，找了好久，我們繼續找終於找到了。

我們很開心，也鬆了一口氣，我們跑去看別的東西，到了中午十二點，我們開始吃飯，吃完飯之後，我們就開始表演，今天真是難忘的一天。

這次的書展我逛了很多不同的商攤，也學到以後我們不可以單獨的行動。

書展奇遇記／吳東翰

校外教學那一天，陳彩鸞老師帶我們去世貿表演「成語動物園」相聲。我們坐在公車上，老師叫我們說出來自己是誰、演什麼角色和祝福的話。練習完以後，司機伯伯就讓我們看卡通。

我們到了世貿裡，老師先讓我們逛一逛。我跟蔡思賢還有張孫齊一起去很多地方玩，我們去看電腦漫畫、聽音樂及看書，因為跑太遠了，所以差一點迷路，真是可怕！還好最後終於回到原來的地方。

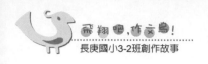

接下來，老師就帶著我們去遊行和參觀世貿一樓。參觀完後，我們開始表演相聲，有一些人來看我們說相聲；國語日報的記者也來採訪我們，我還上了報紙，真是高興。

講完相聲以後，老師帶我們去看怎麼把書黏起來和切齊，還有裝訂的機器，原來書本是這樣做出來的。

今天真是又有趣又有收穫的一天。

書展奇遇記／張子昂

97年2月14日，老師帶我們去世貿書展，因為我們要去表演，有很多家長也跟去，我的媽媽也有去。

到了那裡人山人海，我看到很多書，有大人的、有小孩的書，各種不同的書。我拿者一本繪本慢慢看，發現看書真有趣！走著走著，發現蘇品嘉和莊涵容迷路了！我去問他們，後來他們自己走回去了。還看到很多人在宣傳，不知不覺表演時間已經到了。

吃完飯看到很多人在宣傳做胸針，大家就過去參觀，發現哪裡裝飾的東西多是用鋁箔紙和線條，真是驚奇。回到現場換完衣服，就上台表演和吹笛子，臺下照相機一直按快門和閃光燈，今天真是可怕又有趣。

隔天我在國語日報上看到我們上報了，報導長庚國小朋友在書展表演相聲，覺得很光榮。

書展奇遇記／呂俊賢

今天早上老師帶全班到台北世貿參觀書展和表演。

我們全班這次出去非常吵的原因是因為全班看到飛機起飛的樣子，非常興奮，之後我們還吵著看料理鼠王呢，過不久就到台北世貿了。我們在去休息區時我看到有人在賣「燈泡」，我覺得很驚訝！因為書展裡不可能人在賣燈泡。

當我們回到休息區休息時，所有人的目光都轉移到電腦，後來老師讓我們自由活動，我就和媽媽在走道上走來走去，之後發傳單的人就帶我們到另外一個展覽館，介紹地球公民和老鼠娶新娘...等等，還送我們一張地圖呢，我們正要回休息區時還遇到米老鼠在發紅包，我還拿到一個，接著蘇荷的老師帶全班去做別針。

在表演前，同學媽媽看到有人拿著排子廣告，也建議全班繞場一周；因我們穿著十二生肖的服裝繞場很搶眼，一路上很多人注意我們。最後我們全班在舞台上表演相聲，我們表演很精采，很多人來看也有國語日報的記者來拍照，可惜沒和老師拍照，因為有國語日報的記者來採訪，所以沒辦法拍團體照留下共同的回憶。

我覺得今天非常快樂，謝謝老師給我們機會到書展表演。

書展奇遇記／邱柏政

老師帶我們去台北世貿表演，現在正好是書展期間。

老師：「自由時間！」我們到處走看到許多稀奇的東西，有些人迷路、有些同學花了不少錢買了許多東西，人潮真的不少，在這裡看到許多不同種類的書籍，我很開心能夠來到這裡。

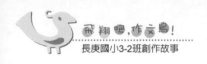
　　中午時間老師把全班同學帶到一旁後便發了便當讓我們享用，大家坐在地上有說有笑的把我們的午餐吃完，吃完飯後我們開始緊張不已，因為接近表演的時間了。

　　終於到了上台的時間，我還是非常緊張，但還是得上台表演，我後來發現我們表演的很好，而且還吸引了許多觀眾來看，連記者都來拍照及錄影，我們還上報呢！大家都好高興。

　　經過這次的經驗讓我知道上台並不是那麼可怕的一件事，緊張也是必經的過程，上台之後就忘了緊張的心情了。

小鳥嘰嘰喳喳——書展演出相聲

1. 今天我們到書展演出相聲，快要表演的時候大家都穿上說相聲的衣服，一起去逛一逛順便跟大家說要在哪裡表演。表演時我好緊張，我們先吹直笛，直笛吹完之後我就不那麼緊張了。我們表演的相聲，有人在說相聲，有人在台下表演。老師說我們表演得很好，所以就上了國語日報。（珈妤）

2. 去書展演出相聲，我覺得很有趣！（博宇）

3. 在書展我發現好多好多非常有趣的書，走進一間間的書店，好像走進一座好玩的書林。書林裡書鳥正高興的唱歌，書林裡都是動物的笑聲，他們想把笑聲傳給全世界的人。（姿蓉）

（大鳥回饋：超級有創意喔！）

4. 在書展我看到有人用機器子做出一本一本的書，還看到跟平常不一樣的書，例如有音樂的書。老師還帶我們利用鋁箔紙和珠子製成一個美麗的別針。最開心的是我們還跑去抽獎，我得到一本書，今天的收穫還真多呢！（孟霖）

5. 在書展裡我看到很多很多的書。（尉豪）

6. 在書展我發現，一本一本新奇有趣的書；在書展我發現，許多作家的想法。每一本書都是一個說不完的故事；每場書展，都有一個聽不完的故事。我喜歡書展。（芸柔）

（大鳥回饋：有詩的味道喔！）

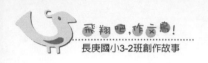
7. 演相聲時我緊張的要命，有的在台上說相聲，有的在台下吵著不想去。最後要講話時，有人出差錯，我們覺得好尷尬。（沅程）

8. 在書展我發現了很多人在賣書，但是我發現有一攤在賣燈泡，我覺得很神奇，因為書展裡面不可能會賣燈泡啊！我覺得今天很快樂。（俊賢）

9. 我們在書展演出相聲，我演書生說相聲，我的同學演動物，有羊、狗、豬、雞等等。我們的照片還登上國語日報呢！（孫齊）

10. 新春開始才剛開學，老師就帶我們去世貿參加國際書展表演相聲，老師說我們表演得很好，表演時國語日報的記者來採訪老師，幾天之後我們登上了國語日報。（以平）

第三篇

其實作文很簡單

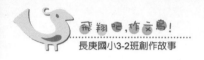

壹·天堂鳥園嘰嘰喳喳

　　初次見面仍然免不了要來個自我介紹，雖然小朋友在去年的一年裡已經和我共舞過「閱讀課」，但是當導師畢竟有很大一點兒不同，我仔細的介紹自己的名字及寫法「陳彩鸞」、尤其是「鸞」字，讓我在讀小學的時候就因為寫不好名字而被老師打手心，剛開始我很恨我的爸爸為什麼要幫我起一個這麼難寫的名字？讓我每次每次都要被罵、被打，現在我不知道你們是幸運還是不幸運，碰到老師的名字這麼難寫，但是課本上或是作業本上都要寫老師的名字，所以就請大家多多包涵多多用心寫了。

　　我又告訴他們「發音為ㄌㄨㄢˊ」的字有好多種字如「巒」、「鑾」、「欒」、「鸞」每種字都有不同的解釋和意義，像「巒」是「山巒」的「巒」有一座「山」；「鑾」是「金鑾殿」的「鑾」有一塊「金」；「欒」是「台灣欒樹」的「欒」有一顆樹「木」；老師的「鸞」是「鸞鳳和鳴」或「鸞鳥」的「鸞」有一隻「鳥」。不要把我的名字寫錯，我每次都和我的好朋友說：「不要把我的名字寫錯，誰膽敢把我的名字寫錯，看我鳥不鳥他？」於是老師就有一個綽號叫「鳥園長」，另外還有一個好朋友叫我「陳彩鳥」，椏椏呀！我只好都接受了，因為想做為一個「作家——文字創作愛好者」要經得起大家的「開玩笑」，那樣才能「文思泉湧」寫出「曠世經典」文章以便「流芳萬世」。

　　我此話一說就有一位小朋友（應該是柏政吧！我後來細細

想！）舉起手來說：「老師！那以後我們就叫你『陳彩鳥』老師！好了！」我支支吾吾之時，又有一位小朋友（不知道是不是博宇？）接著說：「老師！那我們還是叫你『大鳥』老師好了，『大鳥』比較好寫又不會寫錯，你就不會生氣了！」此話一出，全班哄堂大笑，鼓掌稱好，於是「大鳥」就成為我的「代名詞」了，在每一本書本或筆記本上就會出現指導老師：「大鳥」。我也歡喜接受（苦笑接受？無奈接受）在一個我當總導護老師的時光裡我把「大鳥」推銷出去，於是現在走在校園裡，就會有低年級尤其是一年級小朋友（他們剛進校門我沒教過他們），快樂喊我「大鳥老師！好！」哇塞！我和三年二班小朋友說：「你看！大鳥老師出名了！」

　　他們說：「老師！你以前是沒有名氣的作家，現在是有名氣的老師！」

　　椏椏呀！居然敢說老師是沒有名氣的作家（那只能是我自己的自嘲啊！）好！給我記住！哪一天被我逮到，不要叫我再給你一次改過的機會！

　　這一群嘰嘰喳喳的小鳥就成為我生活的重心，每天周旋飛舞在這個天堂鳥園裡，或是大聲吼叫或是嘰嘰喳喳、或是啄啄啄！樂此不疲，不知老之將至！

　　時光飛逝，轉眼半年過去了，在寫這篇文章時，和他們初見面的情景歷歷如幕在眼前，我真的很幸運，碰到這一群天真活潑快樂的小天使，天堂鳥園裡大小鳥齊飛，嘰嘰喳喳快樂無以倫比。

大鳥寫於興華小屋 2008.03.08

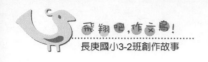
貳・家庭聯絡語文天地

　　開始上課我便秀出自己的專長是寫作，也希望帶領小朋友朝這個方向努力前進，我告訴他們要想寫好一篇文章其實並不難，可以說是很簡單的一件事，只要每天花個短短的零碎時間就可以把作文練好寫好，就讓我們用家庭聯絡簿來練習寫作文吧！

　　我們的聯絡簿就叫「生活日記聯絡簿」以寫日記來記錄所見、所聞，除了例行的欄位記錄每天的功課之外，還有一個欄位稱之為「生活日記、語文園地」，版面大約可以寫個50到100多字的小品文章，大鳥告訴小鳥們就用這個來練習我們的創作，不論是文字的或是數學的都OK！

　　所謂日記就是把體驗最深刻、印象最鮮明的部分寫出來，例如最高興的、最難過的、最光榮的、最丟臉的、最特別的、最有意義的、最稀少的……等等寫出來。這本日記聯絡簿上還有六招「高手出招」的妙方告訴大家如何寫好一篇日記。

　　第一招，「**眼觀四方**」：把今天看到最精采的記錄下來，例如看到哈雷彗星、偶像、美景等。

　　第二招，「**耳聽八方**」：把今天聽到最精采的記錄下來，例如父母老師的訓話、笑話、演講、格言等。

　　第三招，「**敢作敢當**」：把今天所做最精采的記錄下來，例如參觀旅行、比賽、照顧病人等。

第四招，「**感慨萬千**」：把今天想到最特別的記錄下來，例如看到車禍，想到遵守通規則的重要。

第五招，「**突如其來**」：把今天遭遇到最特別的記錄下來，例如遇到好久不見的好朋友、抽到大獎等。

第六招，「**書中自有黃金屋**」：把今天讀到的最好看的部份記錄下來，例如報章雜誌上的文字、讀書心得等。

（**以上資料參考生活日記聯絡簿**）

除了這六招之外，再仔細想想想還有什麼高招可以把聯絡簿的語文天地寫好？於是就有嘰嘰喳喳的吵鬧聲出現，還有人說要用畫的──林林總總、五花八門。真是太棒了！大鳥相信小鳥們一定做得很好，果真不錯，現在讓我們來欣賞他們在第一篇所寫下的50個字的作文。

打掃心得（八月三十日星期四）

■ 今天是開學日我的工作是打掃教室，我覺得我打掃得很不好。因為我一直跟同學玩遊戲、聊天、走來走去，所以明天要好好的掃地。（佑翔）

■ 我打掃廁所，一開始覺得很臭，久了就不覺得臭習慣了，所以就不會那麼臭了。越掃越輕鬆，包含拖地、沖廁所、刷地板。（鄭宇）

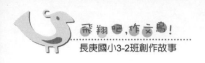
■ 今天是開學第一天，我幫忙打掃電腦教室，剛開始我本來是擦窗戶的，因為沒有人拖地，所以就去幫忙拖地。可是心盈說他不會掃地我就只好跟他交換，我才剛掃幾下就下課了，我好失望喔，還好明天還可以補回來。（姿蓉）

■ 今天是開學日，我打掃廁所，我打掃得不好，因為我把廁所的地板弄得非常濕，結果地板就越弄越髒，直到我用拖把把水掃到水溝裡面才比較乾淨。我的心得是沖水的時候不要沖得太濕，要保持乾躁。希望我下次會做得更好。（倢妤）

■ 今天是開學日我的打掃工作是掃廁所，我本來覺得很髒，後來一直掃就覺得很開心，因為我發現了打掃的樂趣，我覺得打掃乾淨能讓大家舒服的上廁所，是一件很快樂的事。（涵榕）

■ 今天是開學日，我打掃廁所，廁所有一股怪味道，可是還蠻乾淨的，所以打掃得很輕鬆，沖水時水潑得到處都是，連我的衣服都濕了，最後把掃具歸位。（珈妤）

■ 今天開學我遲到了，我的手扭到了，媽媽一直逼我，她說快點要遲到了。媽媽很緊張因為妹妹賴床而且還在哭，媽媽帶我們去Seven Eleven 吃早餐，因為早餐太燙我們流汗流了很多，而且還燙到舌頭，到了學校，我拿起掃把掃地、拿起拖把拖地，完了就開始上課了。（沅程）

■ 當打掃的時間到了，我就去拿掃把來掃地，因為我的工作，我覺得掃地很無聊，但是還是要做，因為這是我們的教室。我們要負責任，才是有責任感。（以平）

■ 今天是開學日，我被安排打掃電腦教室，一開始我到以前的電腦教室，那裡已經變成一年級的教室了，所以我去問了主任，主任說電腦教室在新大樓的二樓，我去找了但是我找不到。後來我們去問了彩鸞老師，她說在新大樓的三樓，彩鸞帶我們到了那，但是門鎖著，我和彩鸞老師去借鑰鎖，等我們回到電腦教室時門已經打開了，我終於可以打掃電腦教室了。（以欣）

■ 今天是開學日，我有點緊張，然後我們開始分配工作，我搞不清楚我的打掃工作，我問彩鸞老師，老師叫我擦櫃子，我擦擦擦，我擦完了。（玟妤）

■ 今天開學老師叫我們要打掃，有的人掃廁所、有的掃電腦教室，而我是打掃教室。我覺得我打掃得不好，因為我一開始沒有拿到掃把，後來打掃太慢，所以我一定要加油。（子昂）

■ 今天是開學日，我的打掃工作是電腦教室掃地和拖地，我覺得地上好髒喔，可是掃完的時候就變得乾乾淨淨，鐘打了（鐘聲響了）放好了打掃工具，我們就回教室了。（菀庭）

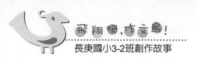

■ 我們今天分配打掃的是掃廁所，我還當組長了。可是我覺得好累好累好累，累到暴，因為我們一進去居然看到水槽淹水，叫老師過來我有點不好意思，快做完的時候地板濕得不得了，我們就一直掃一直掃。我們最後還來到獎卡，我覺得好開心。（思賢）

■ 今天是開學日，我們全班都在打掃，而我就是負責把掃把和畚斗把他放到原來的地方。我覺得好好玩，因為可以鍛鍊身體，讓身體健健康康，所以我喜歡這個家事。（芝瑀）

■ 我負責打掃走廊跟我的好朋友，我覺得我掃得不夠好，我要再加油。（茹翊）

■ 今天是開學日，我負責打掃教室，我跟我朋友一起掃地好好玩喔，新教室好像以前的教室，下課的時候我和子玉一起去看蜻蜓交配好美！（芸柔）

■ 骨折的感想：我上上禮拜一我走在路上，後來跌倒就骨折了，當時我手很痛，後來老師帶我去急診，媽媽就帶我去照X光，媽媽說我有一點骨折，媽媽說要去打石膏就去打石膏了。（俊賢／開學時俊賢的手骨折吊著繃帶所以沒有打掃。）

大鳥老師愛的回饋

真的是寫得很好，每個人都很用心，我就說ㄚ！只要用心一定做得好！「天下無難事，只怕有心人」、「好的開始是成功的一半」！大家加油喔！

　　掃地掃地掃心地，心地不掃空掃地。
　　除了地要掃乾淨之外，心也要掃乾淨！
　　不要一邊掃一邊玩，專心做好一件事。
　　每個人都做好自己，世界就會很美好！

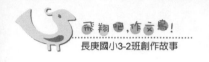

參‧與流水帳勢不兩立

　　寫日記最重要的一個千萬叮嚀就是:千萬千萬不要寫流水帳,所謂「流水帳」是什麼?就像是一本千篇一律不值得保存的日記簿,裡面寫著今天我七點鐘起床,起床之後我刷牙、洗臉、吃早餐,然後爸爸就載我到學校上學。上課了,我寫功課,終於放學了,放學回家我看電視,寫功課,然後我就睡覺了。「刷牙、洗臉、吃早餐、上學」都是每天必需要去做的事情,如果每天的日記都是這樣寫,看了一定會「發瘋」!「不瘋才怪」!這種日記就叫「流水帳」千萬千萬不要寫流水帳,要立下志向與流水帳「勢不兩立」。

　　椏椏呀!刷牙洗臉吃早餐是每天都要做的事不要寫啦!除非你刷牙時刷!刷!刷!突然一顆牙齒掉下來,牙齒流血了,你大聲驚叫!那當然要寫!或者是你洗臉時洗!洗洗!發現,耶!自己怎麼不見了,一直找不到自己很害怕!這也要寫,而且要大寫特寫。(他們哄堂大笑!)還有一種睡覺也要寫,那就是你睡覺時突然發現家裡來了一個武俠大盜,想盜走你家的大電視,你一直想喊:「有小偷!有小偷!」但是一直喊不出來,嚇醒了,卻發現棉被濕了、褲子濕了,原來你尿床了,這個符合高手出招的第五招「突如其來」所以可以寫!(他們已經捧著肚子笑彎了腰!)

　　如果大鳥這樣說你們還不知道什麼是流水帳,那就讓我們來

欣賞一段最標準的流水帳日記吧！（為了保護小作者的隱私權及著作權，我們要「隱性埋名」）

■ 我星期二晚上媽媽帶我和弟弟去外公家，晚上了，外公叫我們去睡覺，我就和弟弟上床去睡覺了。第二天起床我先刷牙洗臉漱口，然後外公叫我們吃早餐，吃完早餐我和表弟、弟弟一起玩電腦。晚上了，媽媽就帶我們回家，我們回到家裡就睡覺了。

■ 今天早上我來到學校，我就放下書包，我聽到打鐘聲我就拿起掃地工具去掃廁所，一直掃一直掃直到上課為止。

大 鳥 老 師 愛 的 叮 嚀

千萬千萬千萬記得不要寫流水帳！要記住高手出招，招招要你好看！請問那六招啊？（第一招眼觀四方、第二招耳聽八方、第三招敢作敢當、第四招感慨萬千、第五招突如其來、第六招書中自有黃金屋）

大 鳥 老 師 愛 的 回 饋

因為開學時大鳥不斷重覆叮嚀不能寫流水帳，值得欣慰的是小鳥們都很聽話，不敢寫「流水帳」的日記，我想這也是小鳥們用功和用心的地方吧！Dear爹地and媽咪不要忘記給小鳥們鼓勵喔！

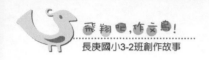
肆‧標點符號妙處多多

小蝌蚪和甜甜圈

逗號（，）像隻小蝌蚪，游呀游，游去找朋友。所以，逗號用在一個句子還沒寫完，而需要休息的地方。

句號（。）像個甜甜圈，寫完一句後，很辛苦，對不對？坐下來吃個甜甜圈，再往下寫另一句吧！

有很多小朋友很客氣，不好意思吃太多的甜甜圈，寫作文的時候，每句都用逗號，直到最後一句才用句號。所以啊，一眼看去，到處都是游來游去的小蝌蚪呢！

我們來看下面這段文章：「有一個小孩，老師叫他每天寫日記，起初他寫得又長又好，慢慢的變得又短又糟，到最後他乾脆不寫了，他這樣沒有恆心，結果一點兒也沒進步，如果他有恆心，有始有終，認真的寫下去，文章一定進步的很快。」

哎呀！這段文章應該要出現四個甜甜圈才對，還少了三個呢！聰明的你，能找出那三個地方應該把小蝌蚪拿掉，換上甜甜圈呢？（看誰最快找對唷！）

應該可以改成：「有一個小孩，老師叫他每天寫日記。起初他寫得又長又好，慢慢的變得又短又糟，到最後他乾脆不寫了。他這樣沒有恆心，結果一點兒也沒進步。如果他有恆心，有始有終，認真的寫下去，文章一定進步的很快。」

我們先來講個標點符號小故事。有位屋主在牆角貼了一張告示：「行路人等，不得在此小便。」目的是要告訴行路人，不可以在那個牆角小便。有個惡作劇的人，卻將它改寫成：「行路人，等不得，在此小便。」看吧！因為標點的不同，意義就完全相反了，可見標點符號的重要。

（小鳥們笑翻了！）

新式標點符號，一共有十二種，現在我們來看最常用的五種用法。

一、 **句號（。）** 用在句子末了的地方，表示一句話的意思已經充足，語氣已經完畢。例如：一個牧童騎在牛背上唱山歌。

二、 **逗號（，）** 用在意思未完，應該停頓或分開的地方。例如：下過雨後，操場變成了池塘。

三、 **頓號（、）** 用在文句中許多連用的同類詞中間。例如：一年有春、夏、秋、冬四季。

四、 **問號（？）** 用在句子表達疑問的時候。例如：你說的是真的嗎？

五、 **驚嘆號（！）** 用在語氣強烈或表達驚訝的口氣。例如：咩！好漂亮的圍巾！

我們在閱讀文章時，要多注意文章裡頭標點符號的用法，很快，你就學會了。

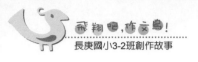
小小標點,力量最大

標點符號可不能小看!大鳥老師來說兩個小故事,你就知道它的力量有多大,對文章有多少影響了。

先說發生在古代的故事:

從前沒有標點符號,有位秀才給一個財主家的兒子說媒,信中寫道:「此女麻子無頭髮黑腳不大周正。」財主接到信,心中可樂了,「此女麻子無,頭髮黑,腳不大,周正」,一定長得很標緻,便答應了這門親事。怎知娶回來的新娘,竟然是一個黑臉、禿頭、又跛腳的麻子。財主氣炸了,跑去找秀才理論。秀才說:「這可怪不得我,我在信中明明寫著:此女麻子,無頭髮,黑,腳不大周正。是你自己看錯了!」

(小鳥們又是一陣竊笑!又笑翻了!)

再說發生在現代的故事:

兩家公司為了一句話打官司,這句話的電文是:手錶不要退回。甲公司向法官說:「乙公司打電報來,上面清清楚楚寫著:「手錶不要,退回。」我把手錶退回去了,有錯嗎?」乙公司氣呼呼的說:「法官先生,我的意思是:「手錶,不要退回。」但甲公司不管,在退回途中損壞了,理該照價賠償。」這下法官頭大了,不知該判誰贏才好。

（你們覺得要怎麼判比較好ㄚ！）

你看，小小的標點符號，因為位置不同，意思全反，它的力量真大呀！

（我們來想一想，把同一個句子用不同的標點符號點出來的效果是否會不一樣。

（下雨，天留客，天留，我不留）

（下雨天，留客天，留我不？留！）

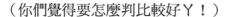

小朋友！一點點標點符號卻能發生「失之豪厘，差之千厘」的意外效果，不可以不慎重ㄚ！記得！要謹慎使用標點符號，寫好文章再多看幾遍，是不是哪裡用錯標點符號了？不要鬧出員外的笑話喔！否則就糗大了！也虧大了！

大鳥的二個驚喜

清明節前夕（4月3日）我對容安說我明天會回嘉義，老師去找你喔！容安說：「好ㄚ！嘉義公園有一個射日塔，我們去哪裡喝咖啡聊是非！」於是我們相約嘉義見。清明當天我真的就接到容安媽媽打來的電話，容安媽媽說他去看房子準備搬回嘉義住，我突然「心血來潮」、「靈機一動」想起過年時我五妹帶我去的一個地方，於是邀請容安一家人到仁義潭的一個朋友家看風景。那是一對夫妻帶著孩子在那兒開墾的好地方，有自己的庭園、庭院，花木扶疏、鳥語花香，清風徐來飄送桂花香，彷如世外桃

源。彼此互相寒暄介紹，發現男主人和容安媽媽一樣姓「羅」感覺像一家人一樣親切，我們坐在充滿詩意的走廊上閒聊，談到96年12月容安得到小桃子徵文佳作獎之事，又談到容安把大鳥在上課時說的話記得清清楚楚，尤其是標點符號這一段，於是容安對著我們大聲說起員外和秀才的故事，他真的記得很準，而且一個字也不落喔！真是厲害！讓我們都「刮目相看」我驚訝到無法言語！因為那個句子只在黑板上出現過一次，容安居然記起來了！而且解釋得很好！這是大鳥的一個驚喜。

　　大鳥的另外一個驚喜是昨天（4月24日）我們去麥客田園校外教學，在遊覽車上我們也提到這個標點符號的問題，班長居然也一字不差的講了出來，還有很多小鳥也都「爭先恐後」想表達自己也會喔！真是太厲害！讓大鳥感動、驚訝到「目瞪口呆」無法言語！可愛的小鳥們，大鳥要告訴你們，這樣的學習就對了，學習是很快樂的事，只要用心一定有收穫，而且隨時都可以拿來運用，保證別人一定會對你說：「士別三日，刮目相看！」、「了不起！了不起！」大家加油喔！

大鳥寫於教室的電腦桌前 2008.04.25

伍·心得感想超級好用

結尾是一篇文章的結束，如果寫不好，就像一粒老鼠屎壞了一鍋粥，真可惜呀！

有一個人很喜歡說不吉利的話，他的家人怕他亂說話，不肯讓他去參加親戚家小孩的滿月酒宴席。在他發誓一句話也不說後，家人才放心的讓他一起去。宴會中，他果然都沒有說話；可是，正當他們的親戚送他出門的時候，他說：「今天我可沒說話，將來如果這個孩子死了，可別怪我呀！」壞的結尾，就像最後那一句話，全給搞砸了！（小鳥又開始竊竊私語了！）

怎樣寫出精彩的結尾呢？大鳥今天只教大家一個超級好用的方法，那就是「心得感想超級好用！」我們來看看國語課本的結尾也學學他的寫法。

第三課：流光村

阿福連忙跑下山，幸好村子裡的一切都沒變！他想起夢中的情景，感到時間像流水一樣，過得好快，如果不善加利用，時光可是一去不回頭的。 第五課：安平古堡參觀記 參觀過安平古堡，我認識了一些古蹟，也了解了一些臺灣歷史。我覺得這次的教學參觀既有趣又有意義。

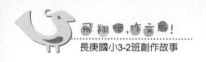
第六課：回到鹿港

　　我喜歡回鹿港，因為那個地方，不但好玩，還很有人情味。

　　文章開頭難，結尾似乎也不容易，小朋友寫作文，最頭痛的就是這兩部分。最有力、最精彩的結尾，應該如何寫呢？首先不要人云亦云，跟人呼口號，也不要自打嘴巴，前後矛盾。其次，你也可以試試下面的「絕招」：

一、　用**讚美法**作結束。例如：題目為「夜」──夜，我歌頌你，我讚美你，為我帶來無數快樂時光，和一個個的好夢。

二、　用**問答法**作結束。例如：題目為「匆匆」──你，聰明的，告訴我，我們的日子為什麼一去不復返呢？

三、　用**比喻法**作結束。例如：題目為「春天」──春天，像剛落地的娃娃，頭到腳都是新的。我愛春天這個新娃娃！

四、　用**希望法**作結束。例如：題目為「勤勞和懶惰」──勤勞帶給人成功，懶惰卻帶我們走向失敗，所以我希望能跟勤勞結為知己，走向光明成功的人生。

（以上資料參考小學生作文得高分一書）

大鳥老師愛的叮嚀

如果你還不是很會用讚美法、問答法、比喻法、希望法，大鳥告訴你們，就學學國語課本的心得感想法，保證一定不會錯而且超級好用，加油喔！

陸・段落分明簡潔有力

　　要把文章寫好其實很簡單，把握住「起、承、轉、合」這四個分段的方法，就可以簡潔有力把段落分清楚，文章通順流暢。

　　「起」，就是開頭，說明題目的意思。「承」，承接第一段的題意，做更詳細的說明。「轉」，就是深入探討，舉例說明或做反面的論述。「合」，就是結論、結尾。

　　例如，以綜合活動課文裡的「模仿貓」這個題目來說：「起」，就是第一段，寫「為什麼叫模仿貓？」。「承」，就是第二段，寫「模仿貓如何模仿別的動物？」。「轉」，就是第三段寫「別的動物反過來羨慕他的優點」。「合」就是最後一段寫「模仿貓從此建立了信心。」

　　四段式的寫法，比只寫三段來得有變化，由於正、反的強烈對比，使內容更豐富，為自己爭取更高的分數也可以留給讀者更深刻的印象。

　　一篇文章，是由句子集合而成段落，再由段落集合而成篇章。

　　分段的方法有很多，可以依時間來分段（如寫太陽，可以分別從早晨、中午、黃昏各成一段去寫；也可以依空間來分段如寫公園的景色，可分別把東、西、南、北邊的風景，都寫成一段）。敘述一件事情，分段就更簡單了，把事前、事中、事後各寫一段，再加上一段感想，結構就算健全了。

分段並不難，如果把國語課本上的文章研究一下，自然能領略出分段的技巧，進而寫出段落分明的好文章。

我們再來看國語課本第三課、第五課、第六課的段落：

第三課：流光村

1. 共分四段——標準的起承轉合四段落。
2. 第一段寫故事背景：阿福帶著小狗到山上玩，夢見自己跟著小狗走進夢中世界。（起的部份）
3. 第二段寫故事經過：在流光村的河邊玩，天黑了才趕回家。（承的部份）
4. 第三段寫故事結果：回到村莊，發現一切都變了。和老人談話才知道時間已經過了幾十年，才知是夢境，最後嚇醒了。（轉的部份）
4. 第四段寫故事結局也就是文章結局：感覺時間過得很快，要善加利用，否則時光可是一去不回頭的。（合的部份——心得感想的寫法）

第五課：安平古堡參觀記

1. 共分六段，是有變化的起承轉合，其中的第三段、第四段、第五段併在轉的部份，可以稱為第三大段——轉的部份。
2. 第一段寫校外參觀日，全班到台南參觀安平古堡。（起的部份）
3. 第二段寫首先參觀陳列館內的文物。（承的部份）

4. 第三段寫接著參觀館外的砲台和古堡。第四段寫後來參觀附近的瞭望台。第五段寫中午的時候，參觀西北邊公園的老城牆。

5. 這三段內容都講參觀的事情，為了避免文章太長沒有段落，讓人喘不過氣來，所以分成三段來寫，歸納在轉的部份。

6. 第六段寫參觀後的心得作為結尾，也就是合的部份。

第六課：回到鹿港

1. 共分四段，標準的起承轉合四段落。

2. 第一段寫回到鹿港老家，會到處逛一逛。（起的部分）

3. 第二段寫九曲巷的特色和傳說。（承的部分）

4. 第三段寫半邊井的特色。（轉的部分）

5. 第一段寫參觀後的感想。（合的部分——心得感想的寫法）

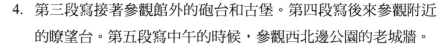

1. 只要用心讀課文、分析課文，寫作文真的是超級簡單，現在大家都一定會分段落了吧！請不要用一段從頭寫到尾，那是「字海」，用字推疊起來的文章我們叫他「字海」，因為文字好像飄浮在海洋一樣。「字海」會把作文淹死，而且字也會對你提出抗議，說你虐待文字。

2. 我們的中國字可是相當美的，不要把美好的東西輕易浪費掉了，否則就叫「暴殄天物」。大鳥希望所有的小鳥們多多用心練習寫文章，不一定要成為作家，但最少寫出來的文章，要有段落起承轉合要分得很清楚。

※加油喔！

柒・美言佳句文章加分

　　古人說：「佛要金裝，人要衣裝。」詞句不優美，就好比英俊瀟灑的勇士，沒穿好衣服一樣，是一件很可惜的事。怎麼辦呢？趕快加強修辭能力呀！

1. 妹妹的臉紅紅的。可以改寫成「妹妹的臉紅潤得好像熟透了的蘋果一樣。」（譬喻法）
2. 班上好吵。可以改寫成「班上又吵又鬧，差點兒把屋頂都給掀開了。」（誇大法）
3. 春天來到人間。可以改寫成「春姑娘踏著輕盈的腳步，帶著迷人的笑靨，來到了人間。」（擬人法）
4. 他們一胖一瘦。可以改寫成「他們的身材，一個是「航空母艦」，一個是「瘦竹竿」，走在一起，真滑稽呀！」（代替修辭法）
5. 我對她又愛又恨。改寫成「愛的時候，希望她在身邊；恨的時候，又恨不得她立刻消失。」（襯托修辭法）

　　（以上資料參考小學生作文得高分一書）

大鳥老師愛的叮嚀

想做個文字魔法師，把普通的文句變得生動優美，事實上並不難，只要透過練習就行了。今天我們來做一個「短句變長」的魔法。

隨便在紙上寫幾個短句，如：「小女孩在跳舞」、「我們在操場上遊戲」；然後試著把主角加以修飾，動作加以描述，或舉實例具體說明，將短句盡量變長。如此使用了魔法後，優美的詞句就產生了：「有個天使般的小女孩，穿著一件白色的芭蕾舞衣，在舞台上跳著美妙的舞蹈。」，「我們高高興興的到操場上遊戲，有的盪鞦韆；有的溜滑梯；有的玩捉迷藏；每個人都玩得興高采烈。」

如果你肯下工夫，學會「短句變長」的魔法，今後你寫出的文章，不僅文句優美、描寫生動，同時文章的內容也會更為充實喔！除了「短句變長」之外，我們也可以來替句子穿上彩衣讓文章看起來更美麗，就像人穿了一件很美的衣服一樣，整個人都美麗起來了！文章也是一樣，做一翻修飾，穿上彩衣，更不同凡響。例如：「老人走過那條街道」，我們可以把它修飾一番，穿上彩衣，成為「那個孤獨的老人，一拐一拐，踏著吃力的步子，走過寂靜的街道。」你看！這樣句子是不是精彩漂亮多了！不過，在修飾句子時，最需要注意的是「恰當」和「適度」。不當修飾造成語意不清，反而無法了解文章的意思；過度修飾，不但顯得多餘，而且很不自然。所以在練習作文的時候，不必心急，也不必求快，先從最簡單的句子開始練習，等到熟練了以後，自然能運用自如了。

下次寫作文時，記得運用修飾技巧，玩個「短句變長」的魔法；也為句子穿上彩衣喔！這就是大鳥要說的「運用美言佳句讓文章加分」的意思。

小鳥們別忘記喔！

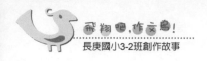

 捌·善用成語不亮也光

我們學了很多成語，寫文章的時候一定要拿來使用，美言佳句可以讓文章加分，成語也可以使我們的文章更出色喔！而且人家會說喔！好厲害會用成語耶！所以大鳥希望你們寫文章時一定要把學過的成語拿來使用，我們學過「一字千金」、「一敗塗地」、「打草驚蛇」、「有口皆碑」、「九牛一毛」、「天涯海角」──都可以拿來運用喔！我知道你們一定很棒，保證會用成語創意寫作，善用成語不亮也光！但是有一點要特別注意，成語不能亂用，亂用成語會貽笑大方，甚至有時也會惹人生氣，例如：

1. 環球小姐選拔會上，佳麗個個美輪美奐，觀眾看得眼花撩亂。（「美輪美奐」是形容華廈的敞大美麗，用來祝賀新居落成，不是形容美人的，不能隨便亂用！）

2. 林同學雖然已經移民澳洲，但音容宛在，大家常常懷念他。（「音容宛在」用來形容人雖然死了，但聲音容貌還留在別人的腦海裡。林同學還沒有死，怎麼可以使用這句不祥的成語！）

現在就我們來欣賞幾位小鳥的成語創意寫作作文：

成語創意寫作／莊涵榕

我家有幾個兄弟姐妹，各有各的不同。妹妹本來「文思泉湧」很會寫作，但現在已經「江郎才盡」寫不出好文章來了；弟弟本來「守口如瓶」，現在卻「口若懸河」、「滔滔不絕」、長篇大論說個沒完沒了。姐姐以前考試成績總是「名列前茅」，但現在考得「一敗塗地」；哥哥長得「一表人才」本來會把房間整理得「一乾二淨」，現在反而弄得「亂七八糟」，而我則是一個「笑口常開」、「美若天仙」的大美女，以前是大美女，現在還是大美女。

你喜歡我們這幾個兄弟姐妹嗎？歡迎常常「大駕光臨」！

成語創意寫作／林容安

外婆為了避免在山上的「狂風暴雨」，所以搬下山去住，這樣就能「有備無患」了。

這一天外婆來看我們的時候，也帶著姨婆來了，看姨婆那一副「春風得意」的樣子，一定有什麼喜事。啊，原來是她兒子要結婚了。

喝喜酒那天，宴席上真是「人山人海」、「高朋滿座」、「座無虛席」，媽媽和所有親戚，好不容易見面，大家圍在一起「品頭論足」、「七嘴八舌」的說著新娘子怎樣怎樣的話語。

喝過喜酒，我們和外婆一起到新娘子的新家，哇！真是「美輪美奐」漂亮極了！外婆告訴我們新郎官長得「一表人才」，新娘子「美若天仙」真是「天生一對」的好佳偶。

祝福新郎新娘「白頭偕老」、「永浴愛河」！

玖·字體端正賞心悅目

　　有個小朋友,因為爸、媽忙著做生意,很少陪他,感到很寂寞。一天,他寫了一封信,請阿姨來玩。傍晚,他的媽媽回來了;不久阿姨也匆匆趕到,哎呀,一對眼睛哭得又紅又腫呢!見了面,雙方都愣住了。「妳怎麼哭成這樣,發生什麼事了?」「咦?妳活得好好的嘛!」

　　阿姨拿出那封信,信上寫著:「阿姨,趕緊來呀!媽媽亡,家裡只有我一個人,我好難過!」媽媽一看,氣得說不出話。原來這個小朋友,把「忙」錯寫成「亡」了。錯別字就是這樣害人,所以要特別小心謹慎才行。

　　字跟人一樣,怕生不怕熟,只要多讀、多看、多用,把每一個字都記熟了,就再也不會用錯了。建議你,用字有疑慮時,立即請教「萬事通老師」——字典,把一些容易寫錯的字,重新再認識一遍。徹底明白它們的形、音、義後,就不會再寫錯用錯,它們就再也困擾不了你啦!

　　除了錯別字之外,字體也要寫端正,在作文的評分裡面,字體也是要占很高的分數喔!字不一定要寫得很漂亮但要寫得很端正,像涵榕、倢好、容安、思賢、以欣他們的字都寫得很好,大家可以多加觀摩學習。

　　寫字不要急,一筆一畫慢慢寫,寫出來的字讓人看起來賞心悅目,作文的分數就可以更高了。尤其是參加比賽,所有去比賽

的選手幾乎都是寫作高手，內容難分高下，這時如果你的字能寫得比別人整齊端正，「第一名」一定非你莫屬，所以要用心練習寫字喔！

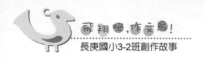

拾‧神來之筆一字千金

　　每次要寫作文，大家就說不會寫沒有靈感寫不出來，最先的時候我也一直認為只有天才才能當作家，沒有靈感就寫不出好文章，可是後來我就不這樣想了。你看方素珍阿姨她是靠天才或是靈感才成為有名的作家嗎？我們聽過她的演講，她也是靠著不斷的努力再努力，一寫再寫才成為今天有名的兒童文學作家。

　　科學家愛迪生說：「所謂天才，百分之九十九是自己流汗努力得來，百分之一才是天賦的靈感。」這句名言告訴我們，天才絕不是憑空而來的，任何人只要下定決心，不斷去努力，就能把事情做好，就可以當天才。

　　寫作也是一樣。有所謂的「靈感」嗎？靈感是飄忽不定的東西，它不會來找你而是你要去找它。它住在生活的體驗和淵博的學識裡面，還有靈敏的想像力和堅定的毅力。一位作家能寫出膾炙人口的文章，並不是他有源源不絕的靈感，而是他能對週圍的事情用心仔細觀察入微，對寫作的題材不斷思考，而且一改再改的結果。

　　想寫好文章，不是要靠靈感，也不是天才的權利。與其相信天才和靈感，不如相信努力、忍耐和永不退縮的毅力！只要你去寫作，而且肯下工夫、多投稿，想寫出一手好文章，並不是一件困難的事，甚至還能成為人人羨慕的小作家喔！

　　宋朝的大文學家歐陽修先生，主張練習作文必須做到三多，就是「看得多」、「作得多」、「商量得多」。如果能從這三方

面下手，便不怕文章寫不好。

「看得多」就是多看書、多看別人的作品。多看書，不但能獲得知識，還可以藉著閱讀的機會，學得寫作文的方法和認識新的語詞，一舉兩得，再美妙不過了！多看別人的作品，可以增加觀摩的機會，學到別人的優點，一樣妙不可言。

「作得多」就是多寫。俗話說：「一回生，二回熟。」多練習寫，對文章的寫法有了深刻的認識，寫起來就不會「怕怕」的了！每天寫日記，大鳥老師出的作文功課，依照老師教的方法，認真想認真寫，作文一定會好。

「商量得多」就是多想。不是要去胡思亂想，而是要你慢慢細想作文題目，如何去描寫？如何分配段落？如何去表現？如何開頭？如何結尾？如何運用成語和佳言美語？有了這一曾仔細想過的功夫，你才能寫出精彩美妙的好文章，大鳥老師知道你們一定做得到。

天下沒有不勞而獲的事，這三多功夫，誰下得深，誰就是作文高手。大家加油喔！

你學過溜冰嗎？剛開始很難，對不對？可是當你學會了，就可以享受溜冰之樂了。作文也一樣，多去練習，等你功力純熟了，反而變成一種享受呢！

認真練習三多：看得多、作得多、商量得多，你的文筆就會越來越流暢，內容越來越豐富。有一天就能練就成神來之筆，文章具有一字千金的價值。

到了那時候，可別把我大鳥忘記喔！

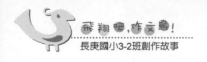

拾壹・颱風天閱讀寫作天

給32班小鳥們的一封信：

　　各位親愛的小鳥們，你們都在家裡嗎？沒有到外面亂跑吧？颱風天要在家裡喔。中度颱風韋帕來襲，放一天颱風假，大鳥老師坐在書桌和電腦桌前，寫這一篇文章，耳中傳來窗外緊急急救救護車「喔一喔一喔一」的尖叫聲，由遠而近，一定是有人發生什麼事了，在這個風雨交加的早上真是有一點提心吊膽，覺得好像隨時有什麼事情會發生一樣，所以小鳥們你們一定要乖乖的呆在家喔。

　　有幾隻小鳥嘰嘰喳喳在那兒說好無聊喔，做什麼好呢？大鳥就來告訴你要做什麼比較好。本來今天大鳥老師要你們寫一篇文章投稿到小桃子新聞報去徵文，現在颱風來了，大家不用上學，我只好試試運氣看有沒有人關心我們的網站看我們的消息，如果你有看到這篇文章，那就先做做看吧，因為離投稿、截稿的日子快到了，所以要加油了！

　　開學到現在我們在家庭聯絡簿和作文簿裡已經寫了好幾篇文章，有的長、有的短；有的寫得好；有的寫得很認真；也有的不是很認真。只要有認真寫都寫得很好，超出老師的預期和想像，大鳥覺得很安慰，沒想到小鳥這麼可愛和厲害（記得不要寫錯喔），所以大鳥老師想試試大家的運氣和勇氣，一起來寫文章投稿。

　　投稿是一件很迷人的事情，當看到自己的文章被刊登在報

章雜誌上，被人閱讀及評論真的是很棒，成為作家是老師一輩子的夢想（老師也有一個夢）我一直在努力，雖然成績不是很好但還能接受啦！還有大鳥老師要告訴小鳥們，並不是所有投出去的文章都會被刊登在報紙上，那時這一篇文章就會被退回來，叫著「退稿」，退稿並不是一件很丟臉的事，很多大作家、大文學家都是被退很多次稿件才成名的，所以萬一投出去的文章沒有被刊登被退稿了，傷心難過一陣子就好了，不要傷心難過太久，趕快再打起精神，再接再勵繼續努力不懈的奮鬥，總有一天「等到你—等到你把我的文章刊登出來」那時我就可以說：「喔！我也是小作家！小畫家喔！」

　　要寫出一篇讓人可以刊登出來的文章除了要花心血用心寫之外，不斷的閱讀也是必需的，作文要好沒有捷徑也沒有訣竅，就是一定要「多讀、多聽、多寫」，也就是「看得多、作得多、商量得多」多讀好文章、多聽好故事，然後多寫，每天寫，那怕只寫十分鐘也好。在這個颱風天裡，不要到外面去冒險呆在家裡閱讀吧！不管你是看漫畫、看故事書或是看繪本，都可以，看完拿起筆來寫寫閱讀心得；畫畫書中的風景、人物；說說書中感人的情節，那真是一個好天、好颱風天、好閱讀寫作天，小鳥們，今天無法在32班天堂鳥窩裡嘰喳，就讓我們在網路上的天堂裡翱翔吧！

　　大鳥一高興就離題太遠了，現在回頭來看投稿的事，老師希望小鳥們如果有看到這篇文章可以先試著寫寫童詩創作：晚餐時刻 作文：暑假趣事；童畫比拼：我的寵物。

　　因為下個星期（9月25日星期二）就要截稿了！所以請大家加油喔！（不管文章有沒有被刊登，我們都要試試運氣喔！小鳥們，大鳥已經把草銜好了，大家來築夢築巢吧！）

大鳥老師風雨交加中於文昌小屋認真銜草 2007. 09. 18　09:50

第四篇

我的作文

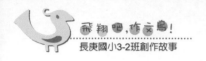
壹‧晨光時間語文天地

大鳥老師愛的叮嚀 ‧‧‧‧‧‧‧‧‧‧

每天早上利用晨光時間，我們寫下一篇篇短文，雖然辛苦但很值得，看小鳥們振筆疾書寫出美好文章，也是一大安慰，這些作品也許不成熟、也許不怎麼樣，但都是我們共同努力的成果，Dear爹地and媽咪，記得獎賞努力嘰嘰喳喳可愛的小鳥喔！

小鳥嘰嘰喳喳──我最喜歡的書

1. 我最最最喜歡的書是美人魚的故事我媽媽就有買一本，我覺得作者她畫得非常非常的美麗，我的姐姐也很喜歡。（心盈）

2. 我最喜歡的書是圖書館裡面的漫畫三國誌的孫子兵法，因為我覺得這一本書的內容很好笑，所以我就很愛看這本書！（鄭宇）

3. 我最喜歡的一本書是水滸傳，因為很好看又很有趣也很好笑，所以我很喜歡這種類型的書。可是這本書我看太多次了，所以我只好再找一本適合我的書。（佑翔）

4. 我今天借一本書這本書的名字叫安娜的大衣，我很喜歡這本書，這本書它在說是一個真實故事，我非常喜歡它說那個時候是戰爭的時候戰爭停了，大家都沒有錢，可是安娜需要一件大衣他們怎麼做才有大衣呢？（玟好）

5. 我最喜歡的一本書是男生女生配不配，因為那本書的內容很好笑，書上還寫著可以兩性學習，我也很喜歡書裡的人物。（以欣）

6. 我最喜歡想要不一樣這一本書，因為它形容小草不一樣，其他人、花紋……等，的東西，所以我想要推薦給大家看，因為它裡面講的東西，都很有趣又有意義。（菀庭）

7. 我最喜歡小雞逛超市，因為那本書畫的很可愛，也很有創意，我希望我也可以像畫家一樣厲害。（姿蓉）

8. 我最喜歡的一本書是漫畫神話，因為看了以後才知道有關神話的一些事，我覺得這本書很好看又有意義，所以我要推薦這本書。（涵榕）

9. 小紅帽好可愛，奶奶生病，她要去探望奶奶，可是路途中卻遇到一隻大野狼，我覺得這本書既有趣又好玩，我喜歡小紅帽這本書。（珈好）

10. 我最喜歡的一本書是拼被人送的禮，書裡面的國王非常的貪心，雖然他擁有的很多，可是他從不快樂，裡面的主角就是拼被人，人家都說他的被子最美，國王也想要她的拼被，可是拼被人說他只給窮人家，除非國王把全部的東西都送給別人，他做到了，而且他還很開心，這本書告訴我分享是一件快樂的事，不是一件不高興的事。（倢好）

11. 今天老師教我們去借一本書，我借了一本世界上最偉大的人的書，一開始本來不喜歡看的，後來我越來越喜歡了，這本書就成為我最喜歡的一本書了。（以平）

小鳥嘰嘰喳喳——新的借書證

1. 今天老師發新的借書證，我好高興上面的圖案好好看，上面還有我同學以平，我今天借了拼被人送的禮、媽媽買綠豆，這兩本書是同學介紹的。（茹翊）

2. 今天老師發新借書證，老師還說：「我們班上的呂以平有在借書證上。」老師還幫我們全班照相，老師還帶著我們全班一起去圖書館，圖書館裡大排長龍。（品嘉）

3. 今天老師發了新的借書證，老師還幫我們照相，照完了老師就叫我們全班下課去借書，打鐘了，下課時間我們都到圖書館借書。（菀庭）

4. 老師今天發新的借書證，我好開心老師，幫我們全班拍照，下課的時，老師叫我們全班去借一本書，我覺得今天好開心呵。（俊賢）

5. 今天老師發了一張新的借書證，我很高興老師說要愛惜它，老師帶我們去圖書館，我挑了好久好久才找到我最喜歡的兩本書。（芝瑀）

6. 今天老師發了一張新的借書證，我拿到了就非常高興，等到老師發完全部的新借書證後，老師說大家拿著自己的新借書證來前面照相，照完了老師又說大家快去借一本書吧！然後大家很快樂的到圖書館借書了。（涵榕）

7. 今天老師發給我們一個新借書證，我好興奮喔！因為我又可以再借更多書了，而且借書證上面還有照片，老師也幫大家照了一張相片，而且老師還說如果有進入排行榜的話，還會發獎卡耶！（倢妤）

小鳥嘰嘰喳喳──給老師的一句話 2006. 09. 28

1. 謝謝老師教我寫字，讀書，我也幫媽媽說一句謝謝，我愛妳，我也幫爸爸說一句謝謝，我給老師打一百分喔，謝謝！（心盈）

2. 今天是教師節，我在家裡寫卡片想祝老師教師節快樂，我寫完拿去學校給老師，老師就把我送給她的卡片釘在公佈欄上面給大家看。（鄭宇）

3. 今天是教師節老師，要我們寫一篇文章，我有點不想寫，因為我的作文很不好，不過我還是要謝謝老師教我寫字，老師我祝你青春美麗。（佑翔）

4. 今天是老師的日子9月28號，我送老師一張卡片，那張卡片畫著一個漂亮的老師，裡面寫謝謝老師平常那麼熱心教導我們，老師會示範怎麼做打掃工作，謝謝老師。（玟妤）

5. 老師謝謝您每天都在教我讀書，還有教我們怎麼寫功課，我也好希望您天天快樂、事事如意、健康快樂和青春美麗。（以欣）

6. 我親愛菜鳥老師，謝謝老師教我那麼多東西和知識，老師你很像老太婆，可是你永遠是我的老師。（芝瑀）

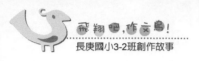
7. 今天是教師節我謝謝老師，對我們全班的照顧，我要對老師說一句話是謝謝老師，給我們獎勵，我以後會更努力的。（俊賢）

8. 老師謝謝您每天都教我生字、句子……等，我好幸福喔！大鳥老師，我祝您長命百歲，謝謝老師，老師我愛您，我好開心喔！老師教師節快樂。（菀婷）

9. 老師您真漂亮／生氣會長痘痘呵／亂發脾氣會長白頭髮呵／功課不要出太多呵／好了就這樣呵！（芸柔）

10. 老師您辛苦了，祝您美若天仙，謝謝你每天教我們國語、數學，真的很謝謝妳，都給我們獎卡，讓我們可以換文具用品。（茹翊）

11. 老師！謝謝您用心的教我們，學習新知識和作文，讓我懂更多。（以平）

12. 老師，祝妳教師節快樂！祝妳健康快樂！謝謝老師很照顧三年二班的小朋友和我，我真的好快樂，我真的很喜歡三年二班的同學和老師。（容安）

13. 老師！謝謝您長久以來的教導，在您的教導下，我就變得愈來愈聰明了，希望您更努力得教導我們，讓我變得更聰明。祝您教師節快樂！（倢妤）

14. 今天是教師節我謝謝老師，對我們全班的照顧，我要對老師說一句話是謝謝老師，給我們獎勵，我以後會更努力的。（俊賢）

15. 今天是教師節，我在家裡寫卡片想祝老師教師節快樂，我寫完拿去學校給老師，老師就把我送給她的卡片釘在公佈欄上面給大家看。（鄭宇）

16. 謝謝老師教我寫字，讀書，我也幫媽媽說一句謝謝，我愛妳，我也幫爸爸說一句謝謝，我給老師打一百分喔，謝謝！（心盈）

17. 謝謝老師教導我們讓我們學到很多知識和學問。（聖哲）

18. 老師！謝謝您！（尉豪）

小鳥嘰嘰喳喳——幸福的滋味

1. 我不姓「福」，我姓「鄭」，我很幸運因為我可以上學，家裡還有很多玩具，幸福看不見也摸不到，幸福就像一個小火球很溫暖。（鄭宇）

2. 幸福的滋味就是跟家人一起去爬山；幸福的滋味就是跟朋友玩遊戲；幸福的滋味就是跟爸爸去散步；幸福的滋味就是跟哥哥打電動。（佑翔）

3. 我覺得幸福的滋味像巧克力一樣甜蜜，像冬天的太陽和暖爐一樣，幸福像爸爸和媽媽一樣溫暖。（心盈）

4. 幸福是一種美好的感覺／幸福就像巧克力一樣甜美也像夏天冰淇淋／雖然我們看不到也摸不到但是我們感覺得到（倢好）

5. 每個人都有很多幸福，像我的幸福就有很多很多，幸福讓人感到溫暖，幸福的滋味真的很特別。（珈好）

6. 我覺得幸福的滋味非常好，因為可以感覺到溫暖，愛我覺得要懂得惜福，才是個幸福的人。（涵榕）

7. 媽媽煮飯給我吃的時候我很幸福，就像媽媽抱著我一樣，每次出去玩的時候每個人都很幸福，大家好像在吃巧克力甜甜蜜蜜的好幸福。（玟妤）

8. 我覺得很幸福，因為爸爸媽媽都很愛我，那種滋味就像是家把家人包起來一樣很溫暖，也像和家人去走走暖暖的心，就像幸福走進心裡一樣溫暖，家人一起把一顆溫暖的心打開來，一起創造溫暖和樂的大家庭。（容安）

9. 幸福就像糖一樣甜蜜幸福就像火爐一樣溫暖（以平）

10. 幸福是一個美好快樂又溫暖的，感覺有了幸福妳天天都會快樂，我希望大家都能每天過著幸福美滿的日子。（以欣）

11. 幸福是可以在家裡舒服的看書、打電腦。（孫齊）

12. 幸福是可以和朋友聊天、打球。（俊賢）

小鳥嘰嘰喳喳──成長的滋味

1. 成長是多麼的好玩，要是沒有成長，我現在還是小寶寶，不管怎麼樣成長都會一直陪伴著你，成長是我最好的朋友，直到你老了他才離開你！（佑翔）

2. 成長是一種很棒的滋味，成長能讓我們學到更多的知識，可是功課變多了書包當然會變重，我覺得成長的滋味真的很棒。（涵榕）

3. 功課變多了！衣服變小了！老師變嚴格了！大家都長大了！
   （心盈）

4. 我升三年級了，老師變兇了、功課變多了、同學也變的越來越
   三八了，我叫老師功課給我們出少一點，可是老師還是出很
   多，上課真不幸。（鄭宇）

5. 我小時候什麼都不會，可是我學會了一樣東西，媽媽說我成長
   很多我很高興，因為是成長的滋味我才那麼高興我也成長了許
   多。（玟好）

5. 時間過得真快，我又長大一歲了，我也升三年級了，成長的滋
   味，真是甜美。但升了三年級，功課變多了，老師也變兇了，
   成長的滋味，真是苦澀。但只要克服困難，一切都會值得。
   （倢好）

小鳥嘰嘰喳喳——用歡迎、逃走、追趕寫50字短文

1. 我很歡迎我的朋友來我家，可是她卻害羞的逃走了，我努力的
   在後面追趕，我好不容易追到，我爸爸已經來接我了。（心
   盈）

2. 歡迎我的朋友來我家看電影，看完電影就讓爸爸看新聞，我們
   看到了警察追趕著小偷，小偷卻逃走了。（鄭宇）

3. 我有一個很好的朋友，他要來我家裡玩，我很歡迎他要來我家
   裡玩，於是他到了我家門口，突然他逃走了，所以我追趕他，
   原來他想上廁所。（佑翔）

4. 動物園有隻很受歡迎的小熊貓逃走了，動物管理人和大家及附近鄰居都在追趕小熊貓，小熊貓跑的很快，把大家累得半死，可是小熊貓也回到動物園了。（玟妤）

5. 弟弟生日的時候，我就站在門口歡迎朋友進去家裡吃蛋糕，有一個人因為太害羞，所以就逃走了，我看一下名單，是最後一位朋友，所以我就在他後面追趕著。（倢妤）

6. 我很歡迎小花來我家玩，但是他很害羞，所以就逃走了，我就在後面追趕她，過了不久，她就停下來，她說：「我想回家」我才知道她不想來我家。（涵榕）

7. 我今天起床，我想找我朋友來玩，我還寫了一張歡迎光臨的紙，我的朋友來了，我們玩得很開心，後來大家逃走了，我追趕過去後來我走回家了。（品嘉）

貳‧小桃子樂園徵文活動

大鳥老師愛的叮嚀

一開始大鳥就希望你們能參加「桃園縣兒童網站──小桃子樂園96年9月藝文創作徵稿活動」投稿文章、童詩及童畫比拼，可是因為太忙而且才剛開學大家都不習慣，所以只好放棄了。十月份大鳥就盯著你們認真寫，你們也確實做到了，雖然很辛苦也沒得到什麼獎，只有蔡思賢得到作文參加獎，可光這個獎就是一個最大的鼓勵，而且比賽也不是為了要得獎，最重要的目的是要磨練自己的文筆，豐富自己的經驗。到後來實在是太忙了無暇照顧，只好專攻作文，剩下的童詩就等四年級再來加油吧！

十月份思賢得到參加獎，十一月份作文題目是難忘的經驗，班長、俊賢、佑翔都寫得不錯，我想應該會得獎吧！可是沒得，大鳥有一點失望，也更用心去研究到底要怎樣寫才能得獎？又給大家欣賞別人得獎的作品，觀摩別人怎麼寫給自己一點機會。十二月大鳥不死心，把十二月份的徵文題目──「寒流」的重點及如何寫法，利用上課時間仔細教你們寫，也當功課回家寫。寫來的作品大鳥有一點不是很滿意，於是又再請大家到網路上搜尋相關資料，同樣的文章再寫一次。為了趕在十二月二十五日前投稿，於是大鳥把我自己的筆記型電腦帶到教室來，利用下課時間請小鳥打字修訂，最後如期投出去。

97年1月、2月又開始忙了，又碰到過年、大鳥搬家、桌上型電腦壞掉，折騰了二個月，開學才又安定下來只是又喪失了投稿時間。這時傳來12月份徵文班長、容安、玟妤三人得到佳作獎好消息，真是振奮人心！

3月份徵文題目是「勇者的畫像」，大鳥也在上課時仔細告訴大家怎麼寫？寫好打字上傳到我們長庚國小班級網頁的3-2班班網裡，老師幫你們再修改之後投稿小桃子樂園，可是做到的小鳥們並不多，加上大鳥的電腦又再次中毒送修，真是屋漏偏逢連夜雨，預計的功課都無法如期進

行，好無力喔！後來我幫涵榕、俊賢修改了之後請他們自行投稿不論是否得獎，最少我們已經盡力去做了。

4月份徵文題目是「鏡子」，大鳥也在上課時仔細告訴大家怎麼寫？寫好打字上傳到我們長庚國小班級網頁的3-2班網裡，老師幫你們再修改之後投稿小桃子樂園，這一次就有比較多的人做到，真是好現象，只是當老師要把你們的文章修改上傳時，碰到學校網路不通，唉呀！真是好事多磨！4月份我們又錯失了投稿機會。

緊接著五月份又來了！可是我還沒看到五月份徵文題目。小桃子樂園最近在更新一些事情，原來頒發的獎狀是教育局局長頒獎，現在要改由桃園縣縣長頒獎，所以得到的獎更顯得不一樣和榮耀喔！

「要怎麼收穫，先那麼栽！」、「天下沒有不勞而獲的事情」、「一分耕耘，一分收穫」、「凡辛苦播種，必歡呼收割」這些美言佳句都是鼓勵我們再接再勵努力去做的話語，我相信小鳥們一定都了解意思，但是要去實行喔！再一次告訴大家：「你行走，腳步必不狹窄！」只要有心，「鐵杵磨成繡花針！」我可愛的嘰嘰喳喳小鳥們，趕緊再努力嘰喳喔！加油喔！大鳥等著你們的好消息！

大鳥 2008.05.05放假天

補記：五月下旬傳來涵榕、佑翔榮獲小桃子徵文四月份佳作獎，真是太高興了！

植物日記／蔡思賢

　　我是一顆小綠豆，我每天努力的喝水，晒太陽吸收養分可是我都長不高，常常被其他同伴欺負，所以我決定要找個好地方住下來。

　　走吧！我才走到馬路上，「叭──」的一聲，啊一！是車子我嚇了一跳就趕快跑到稻草堆休息。然後我看到一片葉子，我輕輕坐了上去，正好吹來了一陣強風，葉子飛起來了，我也飛起來了，飛翔在空中的感覺真好。

　　最後，我降落在一片綠綠的豆芽田上，我終於找到我的夢想之國，我就開心的在這裡住了下來。

（此文得到桃園縣小桃子徵文96年10月份作文參加獎）

思賢得獎獎狀及獎品

寒流／陳昱睿

　　寒流來了，天氣冷颼颼，我們都躲在暖烘烘溫暖的被窩裡，不想動彈，可是還是要上學，所以只好很心不甘情不願的從被窩裡爬起來，穿上厚厚的外套，戴上尼龍帽、圍起圍巾，瑟縮著身體走向寒風刺骨的大地。

　　寒流是北方冷空氣大規模像潮水一樣向南部移動的現象，氣象專家定義，冷空氣使溫度降到攝氏十度以下就稱它為「寒流」。寒流會造成寒害，讓動物和植物無法生存而死亡。所以寒流來襲，氣象報告一定會提醒農夫要好好做好防範工作，以免農產品受損；也會提醒要上山賞雪的遊客做好各項防範措施，以免愉快的旅遊發生不愉快敗性而歸。

　　上學途中，每個人都捲軀著身體，穿著厚厚的大衣服，天空的顏色灰濛濛地，好像世界末日快到一樣，感覺陰森森地，冷風呼呼的吹在我臉上，像在冰庫裡被結凍。在草皮上的小草光光禿禿，看起來沒生命力，大人、小孩的牙齒喀擦、喀擦，不停的顫抖，大家都縮成一團無精打采。

　　台灣是亞熱帶氣候，不像歐美國家一樣有冰天雪地和龍捲風的現象，但是我們要在寒流來襲之前先準備好手套、帽子、圍巾、暖和的衣物和棉被，這樣才不會感冒生病。尤其是得了高血壓、心臟病等的心血管疾病的老人家要特別注意自己的身體！

　　寒流來襲有溫暖的衣物可以禦寒是一件很幸福的事，有些貧苦人家沒有保暖的衣物和棉被，寒流對他們來說更困苦了，所以我們要發揮愛心「有錢出錢，有力出力」把回收的物資捐給他

們，讓他們有更溫暖、幸福的家。

寒流來了，不要怕，雪中送炭，盡自己的一份心力，讓社會更加溫暖和可愛。

（此文得到桃園縣小桃子徵文96年12月份作文佳作獎）

寒流／林容安

在一個深夜裡，突然外面的樹一直搖搖晃晃，又有一陣陣大風吹了進來，讓我好想叫醒熟睡中的媽媽煮熱滾滾的火鍋，可是正當我在想那鍋熱滾滾的火鍋時，外面的北風呼呼吹，吹得窗戶咯咯咯咯響，也把我的火鍋美夢吹走了。

原來，「寒流來了！」媽媽說：「寒流來氣溫會下降到攝氏十度以下，一定要記得穿好保暖的衣服。」我和姐姐出門上學了，只見路上的行人都穿著大毛衣；帶著帽子和厚厚軟軟的大外套；有人還帶著手套呢！到了學校教室的窗戶和門也都關得緊緊的，因為一打開冷冰冰的風就會吹在乾乾的臉上，像針刺一樣痛。放學回家路上，我發現樹上都結霜了，一點一點的霜白像聖誕老公公的白鬍子，好像很好玩的樣子。

天氣冷颼颼，媽媽開暖爐給我們取暖；煮火鍋給我們吃，看著熱滾滾的火鍋，冒出一圈圈的熱氣，還有鍋子裡好吃的魚餃、蝦餃、甜不辣……，口水就像水龍頭一樣嘩啦嘩啦流不停。我覺得我們好幸福喔，在寒冷的寒流來時都能吃到熱滾滾的火鍋，和爸爸、媽媽、哥哥、姐姐一家人圍在餐桌上的氣氛暖烘烘，實在是非常溫暖、非常幸福。

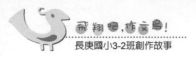
　　今天上課時老師說我們生長在好人家的家庭，有愛我們的爸爸、媽媽和溫暖的衣服、棉被、暖爐，寒流來也不用怕，可是有些小孩和大人真的很可憐，他們沒有厚厚的棉被也沒有暖暖、軟軟的外套，寒流對他們來說就像「雪上加霜」更加可憐了，所以有能力要去幫助那些貧苦的人，也要珍惜自己所擁有的幸福。

　　寒流來和家人在一起吃火鍋很幸福，但是我還是希望寒流趕快走，走了就不要再來，這樣那些可憐的大人、小孩才會像我們一樣有幸福。

　　（此文得到桃園縣小桃子徵文96年12月份作文佳作獎）

🐦 寒流╱陳玟妤

　　「寒流來了、寒流來了！」天氣冷颼颼。腳踏在地板上，就好像踩在冰上一樣，冷冰冰！窩在棉被裏，腳丫子還是冰冰的，冰的我都睡不著。我就和睡在我旁邊的媽媽說我的腳太冰睡不著。媽媽就讓我的冰腳丫枕在她暖烘烘的腳上，好溫暖、好舒服、好幸福喔！

　　寒流來最難過的是早上要起床上學了，真的很不想離開暖烘烘的被窩，因為房子變得像大冰箱一樣，又冰又冷，像在寒冷的北極圈。

　　寒流來會讓我的嘴唇裂開流血，好痛喔！雖然媽媽有買護唇膏給我用，但我好討厭那種黏黏答答的感覺。還有我的鼻涕會像開水龍頭一樣，嘩啦嘩啦，一直留不停，有時甚至流血呢！好嚇人喔！媽媽說寒流來了，你有暖烘烘的棉被可以窩在裡面，可是

世界上還有很多貧窮困苦的小孩，沒有厚厚的外套、軟綿綿的衣服可以穿呢！所以我們要珍惜自己所有呀！

　　不過寒流來也不全是壞事喔，因為阿嬤喜歡在冷天煮火鍋，我最喜歡吃竹輪、魚餃和餛飩，熱滾滾湯喝下肚子，一下子就變得好暖和臉也紅冬冬，阿嬤說好漂亮！還有也可以戴我最喜歡的美樂蒂帽子和圍巾出門。

　　我不喜歡寒流，冷颼颼的感覺很不舒服，而且會讓沒有厚厚衣服可穿的小孩更可憐，我希望寒流趕快離開，溫暖可愛像聖誕老公公的太陽趕快來！

　　（此文得到桃園縣小桃子徵文96年12月份作文佳作獎）

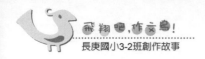

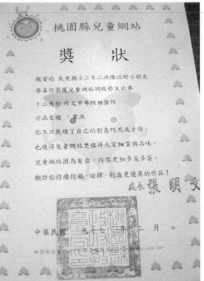

得獎獎狀

參・植物日記與難忘的經驗

大鳥老師愛的叮嚀

一分耕耘，一分收穫！

只要堅持走下去，有一天，獎狀就是你的！而更重要的是，就算沒得獎，我們也是寫得很高興，享受寫作的樂趣，體驗與人分享的快樂。

這些文章都是小鳥們嘔心瀝血創作出來的作品，盡量保持原始風貌，讓大家留下一個美好的記錄，也希望寫作繼續進步，日後可以拿來互相對照。或許有一天，我們這群嘰嘰喳喳的小鳥們之中，有人成為有名的作家、企業家、醫生、教授——等，到那時再把自己民國96年讀長庚國小三年級時寫的文章拿來讀一讀，一定別有一番滋味在心頭。

「植物日記」是小桃子96年10月份徵文主題；「難忘的經驗」是小桃子96年11月份徵文主題。

植物日記——小草／陳昱睿

　　我是一棵微不足到的小草，生長在校園的足球場上，我雖然小，但是我有很多好朋友。

　　當下課鐘聲響時，許多的小朋友都跑出來和我們做伴。但有些小朋友卻在傷害我們，聽見許多小草的尖叫聲，看著它們被一根一根的拔起，我心裡很難過，深怕自己也是被害者。

　　雖然如此，不管刮風、下雨或大晴天，我仍然毅力不搖的站在這裡，顯現出堅忍不拔的生命力。

🐦 我的植物日記／呂以平

媽媽帶著我和弟弟、妹妹一起去上國語日報的科學課，老師今天是上水生植物，下課時，老師還送我們一人一瓶的浮萍。

老師說：「回去只要把它們放在有陽光的地方和定時換水就可以了。」

回家後我把它們放在窗戶旁，我每天都會去看看它們，也看著它們一片一片的繁殖長大。開學後，功課一忙，就常常忘記要幫浮萍換水了。

有一天，突然想起好久沒有看看它了，卻發現它們都枯死了。

原來植物和人類、動物一樣，都需要適當的關心和照顧。

🐦 植物日記／莊涵榕

有一天，我拿了一顆綠豆想要種種看，我找了一個盆栽，然後在裡面放了一些土，最後就是把綠豆放進土裡。

一星期後就發芽了，我看了覺得很高興。我每天細心的照顧它，我心想：「終於有一點進展了」。每天我都發現綠豆的成長，就像人會長大一樣。

有一天它結豆莢了，我請媽媽將它拿來煮綠豆湯。所以那天晚上，我們就一同享用這甜而不膩的綠豆湯。

🐦 植物日記／吳佑翔

我是一株繁星花，吳佑翔是我的小主人。

兩年前我離開了家鄉陽明山來到長庚社區的家。

我一天天的長大，快要住不下原來的家，

於是主人把我移到一個新的花盆。

這個家很大又很寬，讓我長得更茂盛，

開出許多美麗的花朵。

過了這麼久我有點想念陽明山的家，

那邊風景開闊又有許多親朋好友，

真想回去看看，

但是我在這裡把山裡的氣息散播給大家，

希望可以提醒大家不要破壞大自然，

要好好的愛惜我們。

🐦 我的植物日記／呂俊賢

　　二年級時，老師讓我們種黃金葛一開始我們先裝飾瓶子，再把水倒在瓶子裡，然後把一小株的黃金葛放到瓶子裡就完成了。

　　我們把黃金葛放到窗臺上，老師說：「只要天天澆水和有陽光照到就可以了」我天天澆水很期待它快快長大。

　　它長出很多葉子，雖然葉子有一點咖啡色的，但我還是很開心，因為我的黃金葛活下來了。

我覺得要多種植綠色植物，才可以讓大氣層變回以前的樣子，我們要愛護地球不要讓地球的大氣層繼續破裂下去，因為地球只有一個，如果地球被破壞的話我們就沒地方可以住了。

植物日記／張孫齊

我種的植物是花，是從士林農場拿回來的，它的名字叫小綠。

它的葉子是綠色的，花是粉紅色的，我每天都幫它澆水。並且將它放在陽台上，這樣才能照到陽光，生長得才漂亮。所以我很喜歡它。

這件事對我也有影響，比如說：每天澆水，我就覺得很忙碌；看到它開出美麗的花朵，心情就會很愉快…。

種花很麻煩，可是能帶給我很大的生活樂趣；就好像父母照顧我們一樣，把我養得又強壯又健康。

種子歷險記／張子昂

我是一顆小小的浦公英種子，我慢慢的長大。

有一天風把我吹到大馬路上，突然！有一輛大卡車衝過來，本來我想完蛋了！好險我很小沒有被壓到，風又吹起來，我又要去旅行了！

這一次我被吹到美麗的花圃裡，降落在軟綿綿的土裡，我往上面看、往下看全部都是咖啡色，伸手不見五指，很可怕。過了幾天我鑽來鑽去，慢慢的我的芽長出來了。

一天一天過去了，我先長出綠的葉子，再長出黃色的小花，最後變成種子。

有一天，我的種子長大了一個一個慢慢去旅行了。

植物日記──蒲公英的旅行／馬傑齡

小蒲公英問媽媽：「我什麼時候才能出去旅行？」

媽媽說：「等你長大阿！」

過了幾天，小蒲公英又問：「媽媽！我已經長大了，為什麼還不能去旅行？」

媽媽說：「要等風來啊！」

一陣風吹過，小蒲公英說：「再見媽媽！我要去旅行了！」

難忘的經驗／呂俊賢

暑假時，我在安親班跟同學玩紅綠燈。同學回教室休息時，我在外面走來走去突然跌倒了！

當時我的右手很痛，老師用一飛沖天的速度帶我去長庚醫院急診。媽媽也趕下來看，還帶我去照X光，媽媽看完X光片以後對我說：「你的右手骨折了！」我聽了很驚訝！

媽媽推著輪椅帶我去打石膏，固定我的右手，媽媽打電話叫爸爸帶我回去安親班，安親的老師幫我買午餐讓我休息一下。陳昱睿還上來陪我休息，我雖然骨折但是我很開心。

我覺得受傷的滋味實在不好受，所以要好好愛惜自己的身體。

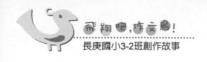
🐓 難忘的經驗／邱柏政

　　我最難忘的經驗是游泳課,因為游泳課很好玩也很舒服,我也覺得游泳池很大,也很開心,所以我非常珍惜上游泳課的機會。

　　教練在說明怎樣游泳及要注意的事情,可是有一些技巧以前就學會了,所以感覺有一點無聊,可是我還是聽著指令做動作,我以為會教換氣,可是教練說那要等一段時間,害我一直學習我原來就會的動作。

　　游泳課真是有趣,雖然大部分動作我都會了,因為在那裡看得到許多關於游泳的東西,所以我很感性趣,我就伸手摸一摸,好舒服喔。我喜歡上游泳課因為那裡有許多新知識。

　　希望下次還有機會可以再上游泳課,希望大家努力的朝著自己的目標學習,一定可以達成目標。

🐓 難忘的經驗／陳昱睿

　　我有很多難忘的經驗,其中一項就是去大漢國中比賽踢縣長盃足球賽。

　　我們正在和另一個國小比賽時,是我們發球,然後球發出去以後,前鋒就衝上去搶球射門,因為旁邊的老師和家長們一直幫我們加油,所以我們一下就得了兩分呢!

　　到了中場休息,我們就走到休區喝水休息一下,很快的下半場的比賽馬上開始了,這次換他們發球了,他們的球一下就飛到球門那裡了,還好我們的守門員很會擋球,所以就把球擋了下來,突然裁判說比賽結束了,就鞠躬回休息區。

下午開始，我們就和大園國小爭殿、季軍，一剛開始我們就輸了一分，雖然只是小差距，但是接著一分兩分三分都被進了，可是剛好就中場休息，雖然我們兩方都沒進分，但是我們還是輸了。

雖然我們輸了，但是比賽一定會有始有終有輸有贏，所以要養成「勝不驕，敗不餒」的精神。

🦩 難忘的經驗／莊涵榕

我最難忘的經驗是爸爸開車載我們去花蓮。

早上一出發的時候我就有一點頭暈了，到了中午我們就去一家小吃店吃午餐，吃完後爸爸便繼續開車。

開到一半我就跟媽媽說：「媽媽我想吐。」本來我以為只是一種感覺，沒想到我真的吐了出來，剛剛好爸爸停在一個國小前面。

我當時真的被嚇壞了；我以後不敢在開車前吃東西了。

我要感謝媽媽幫我處理吐出來的東西；我覺得這是一件最難忘又奇怪的經驗

🦩 難忘的經驗／張孫齊

去年音樂發表會是我表演的日子，我要表演的是小提琴。

因為我還沒有上台的經驗，所以我很緊張，爸爸叫我不要緊張，要放鬆的拉，於是我就不再緊張了，可是我還是有一點緊張，爸爸說：只要把觀眾當成肉醬就好。

輪到我的時候，我就上台表演，當時的我，就把觀眾當成肉醬，害我好想把那些肉醬拿來烤麵包吃；不久，我便開始表

演，後來，我終於拉完了，那些肉醬就幫我拍手，然後我就鞠躬下台。

我覺得今天真是開心的日子，因為我沒想到表演是這麼簡單，只要放鬆心情就可以做好，所以我覺得今天很難忘！

🐏 難忘的經驗╱呂以平

第一次跟爸爸媽媽去日本玩，是我難忘的經驗。

那是我七歲時的事情，爸爸帶我們一家五口搭飛機去日本。第一次坐在飛機上，好緊張、好快樂，我不敢往下看，下飛機了，天氣很冷，我冷得直發抖。

我們先坐巴士到飯店，巴士開呀開，終於到了飯店。到了飯店看到很多新奇、好玩的禮品和玩具，我開心的手舞足蹈，我在房間逛來逛去，每個東西都很吸引我，都忍不住想把它買下來，帶回台灣。

隔天，爸爸帶我們去坐雲霄飛車。在天昏地暗的洞裡，坐在雲霄飛車上，當車子開動時，我嚇得臉色發白，真恐怖，但是，有人覺得很好玩、很刺激。

到日本的經驗中，我學到每個人喜歡的項目都不一樣，如：有人愛雲霄飛車、有人愛咖啡杯……。我們要尊重每個人不同的喜好。

這是一次愉快又刺激的日本旅遊經驗，讓我終生難忘。

🐦 難忘的經驗／蘇品嘉

二年級的才藝發表會，我有表演英語音樂劇——海世界和扯鈴，那時同學們都有練習，要去表演音樂劇的時候大家在後台都有練習，大家都很有自信，可是一上台就狀況百出。

在台上大家緊張的都不知要做什麼，所以就亂七八糟，老師也有給我們暗示，大家還不知道，我也不知道。表演完下台老師說一點也不像海世界。

過了一下子，沒想到要去表演扯鈴，大家到後台準備時，我好緊張、好害怕，已經要輪到我上台了，我還是很緊張，我就想專心聽老師的口令好了。

結果我好成功，沒有出錯，我好高興。我回家想一想，下一次表演不要太緊張害怕，就想一定會成功好了。

我想下一次有要表演，就回家多多練習，老師在幫我練習也要專心，表演才不會出錯。

🐦 小桃子得獎作品欣賞（摘自小桃子樂園）／謝巧芸

項目：童詩創作

標題：蚊子

蚊子是位偉大的演唱家／很熱夏天是他的舞台

嗡嗡嗡——／你聽！

我唱的多麼好聽啊！／臺下的人都不斷的鼓掌。

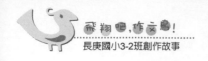

 肆・動物與我及寒流

大鳥老師愛的叮嚀 ∙∙∙∙∙∙∙∙∙∙∙∙∙∙∙∙

「動物與我」是國語日報的徵文題目，上課時討論了一下下，後來有好多小鳥們都把文章貼在小桃子樂園裡，大鳥看了很欣慰，覺得你們真的很棒！會主動自發學習和練習，但也還是有一部分的小鳥們都沒有上傳文章，所以就無法把他的文章編在這本書裡了。不過，也不要氣餒、不要灰心，繼續努力，等你們升上四年級，我們還會再出另外一本書，到那時可別又忘記寫了喔！

「寒流」是小桃子樂園96年12月份徵文主題，在上課時做了二次的講解和說明，也請大家到網路上去搜尋有關寒流的資料，可是寫出來的人還是有限喔！大家真的要多加油喔！

動物與我／簡以欣

我最喜愛的動物就是小白兔，因為它有白白的毛，紅紅的眼睛和又圓又白的尾巴。

記得住在美國的時候，社區裡住了很多小白兔。每當我在社區漫步的時候，總是會看見它們的身影。有一次我還餵過小白兔吃紅蘿蔔呢！我常常在後面追逐它們，因為我希望可以帶它們回家，和我作伴。

在美國，兔子是復活節的象徵。在這一天，不但可以找彩蛋；還可以抱復活節展覽的兔子。雖然當天沒有展出純白的小白兔，但是我還是很開心。

我覺得小兔子玩耍的時候最可愛了，我希望有一天可以擁有一隻屬於我自己的小兔子。

🐦 動物與我——難忘ㄆㄚ‧ㄆㄚㄣ╱呂以平

幼稚園時，老師送我一隻黃金鼠，黃金鼠小小的、毛絨絨的、又很喜歡趴著，所以我叫牠「ㄆㄚ‧ㄆㄚ」。

ㄆㄚ‧ㄆㄚ是夜行動物，白天睡覺，晚上起來運動、吃飯、大便、尿尿。牠喜歡玩滾輪，當滾輪轉動發出「ㄍㄧㄍㄧ！ㄍㄚㄍㄚ！」的聲音愈大聲，ㄆㄚ‧ㄆㄚ的手腳動得愈起勁，雖然夜深人靜時，「ㄍㄧㄍㄧ！ㄍㄚㄍㄚ！」的聲音特別刺耳，但是我並不覺得吵，反而謝謝牠幫我趕走夜晚的魔鬼，所以ㄆㄚ‧ㄆㄚ也是我的「夜晚守護神」。

ㄆㄚ‧ㄆㄚ的嘴巴小小的，可是牠卻可以一次塞進五十顆瓜子喔！不過，不是一次吃完，而是先搬回自己的小房間存起來，再慢慢吃，ㄆㄚ‧ㄆㄚ真的很聰明，這麼小就知道要儲蓄。

ㄆㄚ‧ㄆㄚ也很笨，我教牠在尿盆尿尿、大便，牠永遠學不會，永遠都是到處大、小便，把整個房子弄得又臭又髒，有時，我也會視而不見，一直到媽媽受不了，才幫我清理ㄆㄚ‧ㄆㄚ。

兩年前，ㄆㄚ‧ㄆㄚ去世了。我很難過傷心，後來我就沒有再養過任何動物了。當夜晚我聽到怪異的聲音，就會想起ㄆㄚ‧ㄆㄚ守護的滾輪聲。ㄆㄚ‧ㄆㄚ永遠留在我的心裡。

🐦 動物與我╱曾心盈

我家有一隻小兔子叫「蕾蕾」，牠是牠是母的，有黑白相間的顏色，很可愛。

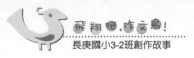

　　我記得有一次我幫蕾蕾加飼料的時候我被咬了一口受傷了我哭得很傷心，蕾蕾被罵得很慘，現在我的傷口已經好了。

　　其實我們家的蕾蕾很可愛又很聰明的。

　　有一次蕾蕾跳上沙發被媽媽發現了，媽媽把牠抱下去，蕾蕾竟然跑到更遠的地方跑過來咻～的跳上來。

　　原來我們家有2隻小兔子，另一隻叫小奇，牠是公的，她身上有純白色的毛又圓又黑的大眼睛。

　　小奇現在已經送給別人了，送給了一家寵物店，那家寵物店把小奇送給了一個我們不認識的人，我很想念小奇。

　　我記得有一次我和姐姐帶著小奇和蕾蕾去散步的時候，小奇東聞西聞得，可是蕾蕾剛好反，蕾蕾活蹦亂跳的，我和姐姐都說小奇得了憂鬱症，蕾蕾卻甚麼症狀都沒有，非常健康。

　　我現在很怕蕾蕾，蕾蕾現在養在陽台，小奇在哪我不知道？

　　我希望小奇和蕾蕾能幸福快樂，我們全家也能幸福快樂。

動物與我／郭珈妤

　　一天，爸爸從公司帶了孔雀魚送給我和妹妹，我們好開心，把孔雀魚放進魚缸，看著魚兒在水裡自由自在游來游去樣子，我覺得好快樂。

　　無聊時看看牠，傷心時看看牠，這樣就不會無聊也不會傷心了。我最喜歡的就是餵飼料，因為飼料一餵下去，牠們就搶一團，真好笑。還有牠們嚇一跳的樣子，也很可愛。

　　日子一天一天的過去，魚兒也一天一天的長大，有一天爸爸

把魚缸上裝了一盞燈，讓我可以看清楚一點，冬天時，魚兒也會覺得比較溫暖。有一次，爸爸說要洗魚缸，把東西搬開後，都是魚大便，好噁心。

最後，爸爸決定把魚兒放回公司的小河，爸爸說：「孔雀魚都長大，那裡會更適合牠們」，想想也對，所以牠們就回到小河。

🐾 動物與我／陳玟妤

有一次社區舉辦園遊會，我和姐姐去玩撈魚，我們撈了好多隻魚，實在很好玩，我們玩了很久，一直玩到媽媽來催我們回家。回家時老闆送了我們兩條魚。

這兩條魚很漂亮：一隻是橘色的；另外一隻是白色的，所以我把他們分別叫小橘和小白。我把魚養在我最喜歡的愛心形魚缸裡。第二天早上，我一起床就趕快去看魚，他們倆似乎很能適應新家呢！瞧！這麼一大早，魚兒早已醒來快快樂樂的游來游去呢！上學之前，我倒了好多魚飼料給他們吃，因為我今天要上整天課，我怕魚兒會餓肚子。

放學了，我趕快跑回家看魚，卻發現魚不見了，原來是阿姨拿去換水了。阿姨說我倒了太多魚飼料，弄得水太濁了。換過水的魚缸很清澈，小橘和小白一定很舒服吧。

自從養魚之後，我每天都過得很開心，可是一個禮拜之後的一個晚上，我發現魚肚翻白浮在水面上，姐姐說魚兒死掉了。我很傷心，我求媽媽讓我把小橘和小白埋葬在一起，我們把他倆埋在撈魚攤位的大樹底下。

現在,每次看到學校魚池裡的魚,就好想念我的魚——小橘和小白。

🐦 動物與我╱賴姿蓉

「樂悠悠,樂悠悠,水底世界任自由」聽到這首歌,就知道我最喜歡的動物是什麼了!大部份的家庭都養狗或養貓,因為我和媽媽會過敏,所以我們家就養魚,養了差不多四、五年,現在我們家跟這些魚也變成一個有趣的家庭!

我們家「魚魚介紹」:可愛的小紅球,圓圓的像球一樣,紅紅的像太陽,是魚缸裏的大明星。有趣的苔鼠魚像穿著淡黃色的洋裝,在水裡游來游去,牠的嘴巴就像吸塵器。奇怪的火箭魚從來不穿衣服,而且還瘦得連骨頭都看的一清二楚。電光美人身上黑黑白白的像斑馬一樣,總是在水裏不停的奔跑。每次心情不好的時候,我就會趴在魚缸前面看魚,看著看著,覺得自已好像變成了一隻魚,在水裏快樂的游泳,心情也快樂了起來。這個魚缸是我們家人的快樂特效藥。

養魚最重要的,是要保持牠們生活的地方乾淨。每次洗魚缸都要全家總動員,才有辦法完成這個大任務,首先要把魚缸裡的魚撈出來,然後把水裝到別的容器,接著清洗魚缸、石頭、水草,清洗完後,再把石頭、水草放進去,再把原來的水一邊倒進去,一邊過濾,因為爸爸說魚最怕「水土不服」,所以每次只能加很少的新水進去, 最後把魚兒放回魚缸就完成了!小魚有了乾淨的家,才會健健康康。

曾經看過電視節目介紹美國的南部原本住了很多鱷魚,但

是人們為了蓋房子，把鱷魚住的地方埋起來，鱷魚沒地方住只好和人們當鄰居，後來人們發現鱷魚不是好鄰居時，就開始捕抓牠們，卻忘了鱷魚才是這片土地的原住民。我覺得愛護動物應該要從尊重牠們開始，不破壞牠們原來的居住環境就是我們的責任。

動物與我／陳聖哲

奶奶家有一隻狗，牠的毛是很漂亮的白色，所以我們全家都叫他「小白」。

小白很聽話也很負責任，當我們不在家時，牠會幫我們看家；當我們睡覺時，如果有陌生人靠近，小白就會汪汪叫，讓我們醒過來提高警覺。小白最可愛的地方就是每當我們回家的時候，牠就會追著我搖尾巴以示歡迎。

雖然小白只是一隻平凡的小狗，但是對我卻是意義非凡，牠忠心耿耿，真情流露，我喜歡牠而且要好好照顧牠。

小桃子樂園得獎作品欣賞／李品璇

項目：童詩創作

標題：媽媽我愛您

媽媽是港灣，我是一艘孤單的小船，我們永遠離不開。我離不開港灣，港灣也放心不了我，大風大浪來了，你用雙手緊緊抱住我，叫我不要害怕，風平浪靜我想出去玩，你叫我要注意安全喔，你永遠對我無微不至的照顧。媽媽！謝謝您！

寒流／呂俊賢

寒流來了，回家時，第一件事就是跑進暖暖的被窩裡。

寒流是大陸冷氣團衝向臺灣所造成的氣溫會下降到攝氏十以下。

寒流來了，天空灰暗暗讓人的心情變得很不好。路上的行人都穿著厚厚的外套、戴上帽子，有的還戴著手套，把自己包得像愛斯基摩人一樣。他們快快的行走想快點回家與家人團聚。

寒流來了，雖然天氣冷颼颼，但是也有很多避寒的方法，譬如：「開暖氣、跑進被窩、泡熱水澡或吃熱熱的東西等等……」

老師說世界上有很多人在寒流來臨時也可以感受到很多的溫暖，可以捐衣物給孤兒院或街友，這樣不僅自己溫暖也讓別人一起享受溫暖喔！

寒流／莊涵榕

星期五晚上，我和爸爸、媽媽、哥哥一起看新聞，一陣子後，氣象預報就開始了，氣象預報說：「從明天開始就會有寒流。」我心想：「明天應該不會太冷吧。」

隔天我一起床，打開窗戶，感覺好像冬天時打開冰箱一樣，我說：「唉！今天不能和爸爸、哥哥騎腳踏車了。」哥哥卻說：「好棒喔，可以不用騎腳踏車，終於可以好好的玩我的樂高玩具了！」

結果我們一家四口就一整天待在家裡；後來因為太無聊，所以我就跟哥哥一起玩樂高玩具，我這才知道，樂高這麼的好玩。

　　我覺得寒流是害群之馬，而且它還讓我們直發抖，就像一出門就凍成冰塊一樣；總而言之，再寒流來時保暖是最重要的。

寒流／張孫齊

　　有一天我起床的時候，發現天氣變冷了！窗外下著雨，原來寒流來了。

　　寒流讓我不想上學，因為天氣很冷，還會讓我不想離開溫暖的被窩。又濕又冷的空氣好像快要讓我變成了冰塊。寒流來的時候我會想要吃火鍋大餐，因為火鍋會讓整個身子暖和起來；如果這個時候能泡在溫暖的溫泉裡面，那就更棒了！

　　寒流就像心情不好的時候一樣，因為心情不好的時候會不舒服。要讓心情好一點的方法有需要父母、師長或是同學的安慰和幫助。就好像溫暖的火鍋和溫泉一樣溫暖了我的心，讓我馬上就忘記了那些不愉快的事情。

　　雖然我討厭寒流，可是它也能給我很多不同的感覺。

寒流／張菀庭

　　夏天過去了，天氣一天 比一天還要寒冷，除了平常的事，我要繼續完成外，沒什麼好擔心，可是我最害怕冬天時，寒流會來，那可真冷……呼！

　　今年的第一波寒流以經出現過，真的是好冷好冷，每天起床都好想繼續待在棉被裡，不想起床去上課，可是我是小學生，所以我得乖乖起床上課去，到了學校大家都穿的好多，我覺得自己

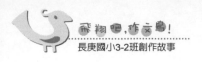
像小熊一樣，下課時同學都不想去玩，大家都躲進教室裡，真希望寒流可以快點不見。

每年的寒流都會看到新聞上有一些老爺爺、老奶奶，因為太冷而生病，或是離開了大家，希望今年的寒流來襲，每個人都可以平平安安，健健康康的過冬。

寒風刺骨的寒流來臨，雖然不是很喜歡，但是還是要面對，希望大家都要打起精神。

寒流／吳佑翔

台灣四季如春天氣很溫暖，偶爾冬天會有寒流來襲，氣溫會降低，大家都穿上厚重保暖的衣服保暖，盡量不外出，躲在家中避寒，每個人都希望天氣會好轉。

寒流來的時候雖然有很多不方便，影響大家的日常活動，但是可以吃火鍋，全家圍著熱呼呼的爐子吃火鍋，驅走了寒意，肚子也充實了，這算是寒流來的享受吧！

我碰到最強的寒流是在大班的時候，那一年三月，全省很多地方都因強大的寒流到處下起雪來，像陽明山低海拔的地方也有下雪，我們看到新聞報導說太平山上下了十公分的雪所以爸爸媽媽帶我們去賞雪，我們在鐵杉林欣賞到像聖誕卡片上的雪景，家裡有一張相片有我最難忘的景色，我和哥哥和媽媽戴著厚厚的手套，保暖的帽子、大衣在雪中玩耍。

我喜歡寒流因為可以吃到火鍋，我不喜歡寒流因為會讓我生病、感冒，我對它是愛還是恨？！

寒流／吳東翰

每年冬至吃過湯圓以後，天氣愈來愈冷。晚上全家看新聞的時候，我聽到氣象預報說：「最近有寒流來襲，氣溫會下降到十度以下，請大家注意保暖。」

寒流來的時候，我喜歡打開電暖爐窩在被子裡，我也喜歡吃個豐盛的火鍋，或是喝個熱熱的巧克力棉花糖牛奶。我還喜歡全家一起去泡溫泉，泡完後再吃茶碗蒸、喝味增湯，真是舒服啊！

寒流來時我也有很多不喜歡做的事，例如我不喜歡去外面玩，因為太冷會打噴嚏；我也不能吃冰棒，因為吃了臉頰會痛；也不能去游泳，因為水冷的讓我不敢下水。

雖然寒流來襲時可以吃火鍋，還可以躲到被窩裡很暖和。但是寒流會造成農作物的損害，也容易著涼，所以我希望寒流不要太常來。

寒流／蘇品嘉

寒流一來我和媽媽就七手八腳的整理衣服，將冬天的衣服拿出來，夏天的衣服收起來。當我和媽媽整理衣服時，有看到小時候穿的衣服，好小好可愛。

冬天是我很喜歡的天氣，有一年的冬天寒流來了好冷喔。我問爸爸冬天有什麼好玩的，爸爸說:可以泡溫泉吃火鍋……等。我發現冬天還是有很多事情可以做。

有一次爸爸說下星期六要帶全家去泡溫泉，我好高興，可是等到星期六那天卻下雨了，不能去我好難過喔。

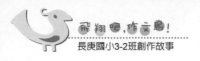

　　媽媽看了說要給我一件小兔子的被子，好可愛，我好喜歡，我每天都蓋這件棉被，寒流中也感受到很溫暖。

　　我雖然喜歡冬天但不希望寒流一直來，因為有一些沒有錢的人，沒有很保暖的衣服可以穿，我們如果有可以利用的衣服可以捐出來，讓那些需要衣服的人在寒流來時也可以感受到溫暖。

🐦 寒流／曾心盈

　　一陣陣的冷風吹來，冷的讓人一直發抖，原來是寒流來了。電視報導說：今年的寒流特別的冷，早晚的溫差很大，要多穿保暖的衣物，以免感冒了。

　　很不幸的我感冒了，不停的咳嗽非常的難過。很後悔沒聽爸媽的話，早上起床的時候沒有馬上穿衣服，當發覺有點冷的時候再穿衣服就來不及了。我吃了感冒藥還是很難過，爸爸說要多喝開水多休息感冒才會好。

　　看到很多人都穿上羽絨大衣、袋毛帽、手套再加圍巾，讓我感覺特別的冷。天呀！怎麼會這麼的冷！害我甚麼事情都做不好，整個人都提不起勁來，穿了比平常多一倍的衣服。後來喝了媽媽為我準備熱呼呼的湯時，才感覺暖和不冷了。

　　每當寒流來的時候大家要著一身體的保暖，預防感冒才會有建康的身體，也才有快樂的人生。

寒流／邱柏政

　　冬天是寒流最常來拜訪的季節，每次寒流來襲時大家都穿的跟雪人一樣，不過也只有多穿衣物才能禦寒。

　　寒流來了，我快要變成冰塊了，我窩在被窩裡打電腦，慢慢的想睡覺，睡了好久好久終於醒來了，我一看發現現在已經晚上八點半了，可是我又睡著了，又睡了好久醒來時發現已經半夜十二點了，我的臉都發綠了，我趕快起來洗澡，洗完澡又去睡覺了睡了好久才發現自己睡了一整天肚子都咕嚕咕嚕的叫。

　　我準備去吃香噴噴的火鍋，火鍋裡有好多東西，像金針菇、蝦餃、高麗菜還有很多東西，吃了感覺心都熱呼呼的很舒服，讓我忘了現在有寒流，那是多麼好吃的東西。

　　我喜歡寒流來因為可以睡好久，也可以吃美味的火鍋¡A讓自己有溫暖的感覺。我真希望寒流常來，因為可以和家人聚會，大家都會感覺暖和。

伍 · 勇者的畫像與鏡子

大鳥老師愛的叮嚀

說起來我是一位很幸運的老師，碰到你們這一群可愛的小鳥，雖然有時嘰嘰喳喳吵死人了，真想大吼一聲，但是有時又頂可愛的，當教室裡一片混亂時，保障一定會有人跳出來大吼道：「不要吵啦！」然後突然就「鴉雀無聲」，省了我很多操心。

我不是一個很精靈能幹的媽媽，常常不會煮菜、煮飯，所以我的孩子在小三的時候，也就是像你們這樣年齡的時候，就會煮飯了！第一次他們煮「泡麵加蛋」吃得津津有味，我稱讚他們真是了不起。第二次他們煮「蒸蛋」也是吃得津津有味，而且還多吃了二碗飯，因為那個「蒸蛋」配飯實在是太好吃了，我也是稱讚他們真是了不起。後來有一次爸爸出遠門，特別交代要照顧媽媽，他們兩兄弟就合起來煮了一頓豐盛的晚餐，有蛋炒飯、蛋花湯、蒸蛋，我們三人吃得津津有味，到現在都還覺得「口齒留香」。他們真是了不起的孩子，這麼小小年紀就會煮飯菜，我也是一位幸運的媽媽，碰到好兒子。

有一句說：「天生我材必有用」每個人生下來都有他的優點和長處，有人善長唱歌、有人會繪畫、有人寫得一手好字、有人超會讀書、有人又很會玩躲避球（從來沒被球打過！）只要用心每個人都是「勇者」，你也可以是別人心目中的勇者。

在大鳥的眼中，你們都是一群勇者，在你們眼中誰又是勇者呢？這是小桃子3月份和4月份的徵文主題，大家一起來發掘勇者吧！也順便談談「鏡子」！

勇者的畫像／吳佑翔

　　我心目中的勇者是露芭‧崔森斯卡，她在貝爾森集中營救了五十四個孩子，他的勇敢事蹟這件勇敢的事情讓我感到很佩服。

　　一九四四年十二月一個寒冷的冬夜，露芭在集中營後方發現了一群受凍挨餓的孩子，他們原本是要在森林中槍殺掉，他們很幸運的沒被殺掉，因為一個司機說這樣太殘忍了，所以沒把他們殺掉，只是把他們丟在一片空地自生自滅。露芭發現了小孩，就把他們藏在集中營裡，這是一件非常危險的舉動，只要一被士兵發現就會沒命。

　　露芭她收留那些孩子後，就到處跟別人要食物，只為了讓他們好好的活下去，這些孩子也懂得報答，他們在露芭生日時送她一條紅絲巾，這是孩子省下一部份的食物換來的，因為露芭像他們的媽媽般的照顧他們。

　　過了五個月後他們被英國士兵解救了，最後這些孩子一起回到了他們的國家荷蘭。自從那次離開之後他們就沒有再聯絡了。五十年後最大的孩子傑克跟露芭取得了連繫，他們在阿姆斯特丹重聚。

　　「如果你是露芭，會不會冒險去救那些小孩呢？」我想每個人都不知道自己會不會像露芭一樣勇敢，聖經上有說：「上帝賜給我們，不是膽怯的心，乃是剛強、仁愛、謹守的心。」我們都有可能像露芭一樣勇敢。

※　本書在截稿時傳來3月份小桃子徵文得獎名單——吳佑翔此
　　文榮獲中年級組佳作獎，來不及拍到頒獎獎狀，以此為記！
　　2008.05.24

🐦 勇者的畫像／陳昱睿

我心目中有很多勇者，而我覺得其中最偉大的就是國父孫中山先生。

國父　孫中山先生在香港西醫書院畢業，曾先後在澳門、廣州等地行醫，而且對貧窮病人免費治療。當時清王朝腐敗無能，孫中山堅定了救國的信念，積極發動武裝起義，共領導了十次革命，驅除韃擄，恢復中華，創立中華民國政府，成為我們中華民國的國父。

我覺得國父有不屈不勞的精神，所以我們也要學習這種精神，做事要一直努力，到最後一定會成功。

🐦 勇者的畫像／呂俊賢

我最喜歡的勇者是關公，因為他忠義的精神讓我敬佩萬分。

關公是三國演義裡的人物，他本來的名字叫關羽，字雲長。因為家鄉有一個惡霸仗勢欺人，關公一怒之下殺了惡霸，逃到外鄉避難五、六年。東漢末年，逃到涿郡，與張飛一起投奔劉備，三人一見如故，發誓同生死共犯難。就在張飛家桃花園賞花並結拜為異性兄弟，劉備做了大哥、關羽第二、張飛第三，這就是三國演義裡有名的「桃園三結義」的故事。

建安五年(公元二〇〇年)，劉備被曹操打敗了，關羽也被曹軍俘獲，可是曹操很愛關公的才幹一直希望關公能成為自己的心腹為自己效勞，所以雖然被擄，卻很受曹操的器重和垂青，賜他偏將軍，封漢壽亭侯。

　　關羽在曹營雖然可以享受榮華富貴，但是他始終不忘與劉備的生死之交，在以功報答了曹操之後，就離開了曹操，又回到劉備身邊。荊州失陷關羽氣得昏倒，發誓要奪回荊州，後來被呂蒙用計瓦解他的軍心，關羽憤恨的說：「我生不能殺呂蒙，死了也要殺了他」。關羽率軍繼續前進，一路與吳軍不斷戰鬥，但是戰況不順，身臨絕境，東吳差諸葛瑾前來勸降，但關羽卻不為所動，說：「若城被攻下，最多一死而已。就算玉碎了也不會改變它潔白的顏色。我雖身死，卻可名垂丹青。先生不必多說，我要與孫權決一死戰。」最後關羽被潘璋引伏兵截路，將關羽等人用絆馬索絆倒，被馬忠抓了。

　　孫權愛關羽才德，勸他投降，關羽兩眼圓睜，破口大罵。孫權考慮很久之後，才叫人將關羽父子推出斬首。呂蒙用計陷害關羽之後，便覺心神不寧。一天，孫權要為他慶功，他精神失常自稱關羽，要殺呂蒙報仇，喧鬧一陣之後，便倒地而死。關羽曾憤恨的說：「我生不能殺呂蒙，死了也要殺了他」果然應驗。

　　關公勇猛無比，他還過五關斬六將。有一次他中了毒箭，神醫華陀說要把骨頭上的毒割掉，他也不怕，真是勇敢。關公也很有人情，懂得知恩圖報，因為曹操幫助過他，他就放了曹操。我喜歡關公，敬佩他忠義又勇敢的精神。

　　關公生長在三國時代，雖然離我們現在很久遠也相差很遠的距離，但是他沒有忘記與劉備發誓「同生死共犯難」的友情，還有不怕死、不投降的精神，值得我們學習，我們應該學習關公的

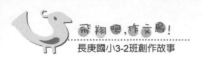
勇氣和義氣。所以我最喜歡的勇者是關公，他忠義的精神讓我敬佩萬分。

🐦 勇者的畫像／莊涵榕

我心目中的勇者是德國音樂家貝多芬。

貝多芬出身在1770年德國萊茵河畔波昂市的一個清寒家庭中。父親及祖父都曾是宮廷中的樂師，父親約翰是一位才華平庸又愛酗酒的男高音手，母親瑪麗亞則是一位賢淑的女性。貝多芬從小極受在宮廷中擔任指揮的祖父寵愛，可惜好景不長，貝多芬三歲時祖父就與世長辭了。

貝多芬的音樂天份在三歲時被祖父發現，但這位仁慈有才華的祖父卻沒機會指導他。貝多芬八歲時舉行演奏會，十歲左右即成為宮廷樂師。他三十歲那年發表了第一首交響曲，這時的他已經有暫時性的耳聾了。雖然耳朵聽不見了，但是他仍然繼續作曲。45 歲以後，他改用心耳作曲，貝多芬的耳疾越來越惡化，到了 48 歲左右就已經完全聽不到聲音了，日常的會話均用筆談。可是他依然不放棄，仍然繼續努力作曲，他一生中總共創作了九首交響曲，及其他許多膾炙人口、動人心弦的偉大作品。

貝多芬是第一個獲得自由的藝術家，他曾說：「要盡量做個正直的人，讓愛自由尤其高於一切，即使面對一位君主，也絕不出賣真理！」也就是有了這種自由，貝多芬的作品才能脫離實用的曲式，而憑著內心深處湧現的靈感自由創作，所以每一首作品都有著獨特的個性，洋溢著撼動人心的熱與力。他作品中蘊藏的

熱與力是無法用筆墨寫的，只有不斷的聆聽，才能領悟貝多芬：
「向命運挑戰，永不妥協！」的啟示。

　　我覺得貝多芬是個勇者，因為他雖然耳聾，但是仍然繼續作
曲，真是不容易，耳聾的人聽不到聲音，如何能作曲呢？真不知
貝多芬是怎麼克服這個困難的？或許就像他說的：「　向命運挑
戰，永不妥協！」的精神，讓他克服一切困難，創作出一首一首
不同凡響的交響曲，也讓他自己成為一位偉大的音樂家。

　　如果我是一個耳聾的人，我根本就沒辦法創作，更別說是
作曲了，我可能脾氣會很不好，而且自暴自棄。我很想對貝多芬
說：「我很喜歡你創作的所有作品，而且我覺得你是一個非常勇
敢的勇者！」。

※ 本書在截稿時傳來3月份小桃子徵文得獎名單——莊涵榕此
　 文榮獲中年級組佳作獎，來不及拍到頒獎獎狀，以此為記！
　 2008.05.24

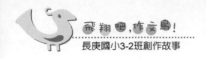

桃園縣政府獎狀

府教數字第0970160020號

親愛的 長庚國小三年二班莊涵榕 小朋友

恭喜你榮獲兒童網站網路藝文比賽

三月份 作文中年級組佳作

作品主題：勇者的畫像

你不只展現了自己的創意巧思及才情，

也使得兒童網站更值得大家細賞與品味。

兒童網站因為有你，內容更加多采多姿，

期許你持續投稿，詮釋、創造更優異的作品！

縣長 朱立倫

中華民國 九十七 年 五 月 日 56

桃園縣兒童網站─小桃子樂園 http://kids.tyc.edu.tw/

桃園縣政府獎狀

府教數字第0970180020號

親愛的 長庚國小三年二班吳佑翔 小朋友

恭喜你榮獲兒童網站網路藝文比賽

三月份 作文中年級組佳作

作品主題：勇者的畫像

你不只展現了自己的創意巧思及才情，

也使得兒童網站更值得大家細賞與品味。

兒童網站因為有你，內容更加多采多姿，

期許你持續投稿，詮釋、創造更優異的作品！

縣長 朱立倫

中華民國 九十七 年 五 月 日 57

桃園縣兒童網站─小桃子樂園 http://kids.tyc.edu.tw/

97年3月小桃子徵文得獎獎狀（左為涵榕右為佑翔）
（97.06.一校時補拍）

勇者的畫像／鄭宇

我心目中勇者是爸爸因他對我和弟弟很好。

爸爸常常幫忙晒棉被；拖地，早上了，弟弟要上課可是爬不起來，爸爸還會抱弟弟到廁所，幫弟弟刷牙，所以爸爸對我們很好。

假日爸爸還會帶我們去公園玩，爸爸是我們家的勇者。

我覺得爸爸是很偉大，所以我以後要好好孝順他。

鏡子／曾心盈

說到鏡子大家知道鏡子的故事嗎？我就說給你們聽吧！

從前從前，有一個商人他常常去外國買賣東西。有一天他在一個商場上看到了一個古鏡，他從來沒看過，所以他就買回家，放在行李箱裡。

他叫他的老婆不要動他的行李箱，但是他也沒跟他的老婆說鏡子有什麼功用。

有一天他出去了，老婆心想，到底是什麼東西，所以他的老婆就打開行李箱，發現她老公竟然養了小老婆。傷心生氣的拿起來往地上一丟，筐噹一聲！鏡子破了，小老婆不見了！

他回到家來一看，鏡子破了，唉呀只怪自己沒說清楚，把一件寶物白白損失了，真是可惜呀！

原來她看到的是自己，真是誤會一場。

鏡子／陳昱睿

每個家庭都有一面鏡子,我家也有很多鏡子,有的在房間裡;有的在客廳裡,大的小的鏡子全部都有。

鏡子可以拿來照自己,整理自己的服裝,讓服裝更整齊,整理自己的頭髮,讓頭髮更帥氣,所以我很喜歡照鏡子。

如果人可以當作一面鏡子的話,我們要記取他的優缺點,把優點活用出來,把缺點改正,這樣我們就會愈來愈進步。

鏡子雖然是一個簡單的物品,但它可以讓人自我反省,破鏡重圓,不再重蹈覆轍。

鏡子／呂俊賢

唐朝的唐太宗曾說:「以銅為鏡,可以正衣冠;以古為鏡,可以知興替;以人為鏡,可以知得失。」是在講:把銅當成鏡子來整理衣服,把以前做錯的事,當作反省;可以學習別人的優點,反省自己的缺點。

我們照鏡子的原因有很多種:看頭髮變長、有沒有長青春豆……等。鏡子有很很多用途,在人們的日常生活中是很有用的,可以在刷牙時看牙齒有沒有刷乾淨、梳理頭髮、看衣服是否穿整齊……等。

鏡子有很多種類:可以讓東西變大的放大鏡,讓東西變小的縮小鏡,讓東西變多的加倍鏡及和變彩色的彩色鏡等。

我們可以以人為鏡,我們班上的陳昱睿面對事情都樂觀開朗,做事的時後也會幫助別人……等,他是模範生、班長和第一

名，我們應該學習他的優點。

我覺得這些鏡子把人類的生活變得更豐富、更有意義，我們要好好愛惜它。

鏡子／吳東翰

我家的鏡子有好多用處。

我換好衣服後就可以照鏡子，看自己穿的好不好看，媽媽在化妝時也可以照鏡子看自己穿的漂不漂亮。

鏡子還有很多功能，要燒木頭時可以用太陽的光照鏡子反射到木頭，木頭就可以燒起來了。

還有爸爸車子的後照鏡，可以看有沒有人在後面，不然會撞到人，因此鏡子在我們的生活上佔了很大的角色。

鏡子／張子昂

世界上有不同的鏡子，有圓的、長方形的…有很多的形狀。鏡子可以照出我們有趣、可愛的表情和樣貌，我每天出門多會照鏡子。

小時候我最喜歡和哥哥跑到媽媽房間，結果我們看到了四個一模一樣的人，嚇我們一大跳！長大以後知道鏡子可以照出每個人的樣子，而且我跟二哥是雙胞胎，，所以有四個人，真有趣！

我的家人、老師也可以當作我的鏡子，我看媽媽開心的表情時，就知道我今天的表現很好，媽媽一定會獎勵我。從安親班老師露出邪惡的笑容，我就知道有很多評量、考卷再等我，我要加緊腳步。

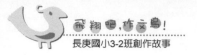

鏡子是一個神奇的東西，可以反映出人的生活，所以要常常照顧鏡子，才能修飾自己和反映自己。

鏡子／莊涵榕

鏡子有很多功用，例如洗臉時、穿衣服時，等……用途。所以鏡子是一種日常生活很好用的物品。

你可能會想，以前沒有鏡子那麼以前的人要怎麼知道自己的衣服整不整齊呢？要怎麼知道自己的臉乾不乾淨呢？其實以前沒有鏡子時都是用銅當鏡子。古人說「以銅為鏡，可以正衣冠。」

最後才被科學家發現了水銀可以反射光線，才做出鏡子。

我覺得鏡子真的是一種非常好用的日常生活用品。

鏡子／陳玟妤

說到鏡子，我就想到每天早上上學前梳頭髮照鏡子，姐姐鼻子上有痘痘，常常在鏡子前擠呀擠的。

鏡子有反射的功能，爸爸開車需要用到反射鏡，科學博物館裡的哈哈鏡超好玩，我和姐姐一會兒變瘦一會兒變胖。電影鬼片的鏡子超恐怖，那是出入第四空間的一道門。

古人以銅為鏡，我們現在用鍍銀的方式製作鏡子，清澈的湖面也可以像一面鏡子，湖面倒影有時美如畫呢！

書本或人等也可以是鏡子，這叫借鏡。我就從姐姐身上得到很多啟示。姐姐比我大三歲，我還沒上學就常常到姐姐的學校去，所以我很早就知道上學是怎麼一回事！ 姐姐蛀牙是因為愛吃

巧克力又不刷牙，我知道自己不可以這個樣子；姐姐很用功念書所以才能考第一名，因此我也要努力，功課才會越來越好，姐姐對我來說是最好的一面鏡子。

鏡子／許沅程

從前有一個中國人來到了外國賣東西，由於中國那時並沒有鏡子，當他第一次看到鏡子時，他覺得很神奇，就把它買回家去，可是他老婆第一次照鏡子時還以為是他的小老婆，後來她的老公和她說明鏡子可以看見自己的模樣喔！這就是鏡子的由來。

我喜歡照鏡因為可以看到自己的模樣，可是也有不喜歡的時候，像是傷心哭的時候，一照鏡子時就會想到是自己做錯事而被處罰，就會自己嚇自己一跳。

不過鏡子除了可以用來看自己的模樣，也可以應用在生活上喔。譬如說車上的後照鏡可以用來倒車，以防不必要的碰撞，而傷了心愛的車子，還有穿衣服時不管男生、女生都喜歡照鏡子把自己打扮的美美或帥帥的。奶奶需要照鏡子，因為要看假牙有沒有帶上；貓咪喜歡照鏡，子因為它正在想為何還有一個同伴……等。

鏡子真是一樣神奇的物品。

鏡子／吳佑翔

鏡子是我們生活中的好幫手。例如媽媽化妝時就需要用它；爸爸刮鬍子時也需要用它；我跟哥哥刷牙、洗臉時也要用，所以鏡子是我們的得利助手。

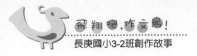

　　古時候的皇帝唐太宗說：「以銅為鏡子可以讓人正衣冠，保持整齊端正；以人為鏡子可以知道德失。」看鏡子只能看見外表，卻看不出內心的變化，但是身邊的朋友能對我們的行為提出意見，所以他們是我們內心世界的鏡子。

　　我有一次不小心把哥哥從動物園買回來變色龍模型打破了，一直不肯承認錯誤，最後是媽媽提醒了我，不要掩飾自己的過失，我才向哥哥對不起，就圓滿解決了這場爭議。媽媽就像一片大鏡子反映了我心中的缺點，讓我及時糾正錯誤。

　　鏡子裡的你只是外表，而別人口中的你才是真正的你，不能因為外表而判定別人的內心。

陸・童詩與自由創作

大鳥老師愛的叮嚀 ‧‧‧‧‧‧‧‧‧

「詩」是最精簡的文字遊戲和創作，一直以來我都很想寫詩，可是都一直寫不好，也沒有比較好的作品，因為我覺得我欠缺想像力，總是寫一寫就放棄，所以就一直沒有成功。這一點小鳥們不要學習大鳥！那樣太丟臉！

寫詩說簡單也很簡單，說不簡單也不簡單，最簡單的方法之一就是「把『具體的』的變成『抽象的』；『抽象的』變成『具體的』。」然後再加上豐富的想像力。

大鳥給大家看的那一篇「童詩欣賞──蚊子」就是一個最好的例子，作者說「蚊子是位偉大的演唱家」這裡用的是擬人法的寫法，這個大家都會比較不稀奇。接著他說「很熱夏天是他的舞台」這個就要有一點想像力了，蚊子都是在夏天的時候出現最多，而且飛來飛去，好像在表演一樣，如果直接說「好像在表演一樣」文章的張力就沒有那麼強，作者很聰明用「很熱夏天是他的舞台」形容蚊子在夏天出現，尤其是很熱的夏天特別的多，『舞台』二個字用得相當好，表示蚊子一直都在表演、都在展現他的舞姿。接下來更厲害的是「嗡嗡嗡」蚊子的聲音，大家都知道，「你聽！我唱的多麼好聽啊！／臺下的人都不斷的鼓掌。」這句話簡直就是妙到極點，（說到這裡很多小鳥就已經開始說我們知道、我們知道，大家都在打蚊子，作者把他形容為「臺下的人都不斷的鼓掌」）哇！小鳥們比作者更厲害，雖然不會寫但最少會欣賞，而且分析得很棒。
所以整首詩寫出來就是──

蚊子是位偉大的演唱家，
很熱夏天是他的舞台，／嗡嗡嗡──／你聽！
我唱得多麼好聽啊！／台下的人不斷的鼓掌。

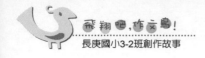
🐦 成長的滋味／吳佑翔

成長是多麼的好玩

要是沒有成長

我現在還是小寶寶

不管怎麼樣

成長都會一直陪伴著你

成長是我最好的朋友

直到你老了

他才離開你

🐦 最美麗的花／呂以平

小黃花啊

小黃花

你是我最美麗的花

你細細的莖

款擺姿勢隨風招展　你盈盈的笑著

是王后的王冠

也是春天的魔棒

輕輕一點

大地五彩繽紛

🐦 生氣的時候／吳東翰

生氣的時候，眼睛冒出火焰！

生氣的時候，嘴巴像鱷魚！

生氣的時候，拳頭緊握著！

生氣的時候，雙腳跑來跑去！

對家人生氣，馬上就會和好。

對好朋友生氣，早上生氣，下午就會和好。

對討厭的人生氣，今天生氣，一個禮拜後才可能和好！

生氣不好，臉上會長皺紋！

生氣不好，心情也會不好！

生氣不好，會讓別人也生氣！

生氣不好，那為什麼我還要再生氣呢？

🐦 生氣的時候／呂以平

ㄏㄨㄥ！ㄏㄨㄥ！ㄏㄨㄥ！

我爆炸了，

我想罵人。

ㄆㄥ！ㄆㄥ！ㄆㄥ！

我大發雷庭了，

我想把桌子批成兩半。

ㄅㄨㄥ！ㄅㄨㄥ！ㄅㄨㄥ！

我不開心了，

我想把椅子摔得粉碎。

ㄏㄨㄥ！ㄏㄨㄥ！ㄏㄨㄥ！

ㄆㄥ！ㄆㄥ！ㄆㄥ！

ㄅㄨㄥ！ㄅㄨㄥ！ㄅㄨㄥ！

請別來找我，

我的火山正要爆炸，

我要趕緊拿一本小說，

趕走那個生氣鬼！

遺失一顆乳牙／大鳥

事由：今天（9月12日星期三）上國語課時菀庭把帶來的乳牙拿給大家觀賞，一不小心，乳牙就掉了，找不回來，大鳥老師說找到的人給五張獎卡，大家把桌椅搬開努力的找、認真的找就是找不到，怎麼辦？那是我的乳牙，我貝比時的牙齒，好傷心喔！還好後來念欣幫忙找到一顆，另一顆「跑走了」，就像課文裡的小白兔「跑走了」！

乳牙，乳牙，你在哪裡？為什麼我找不到你？

我努力的找，認真的找，就是找不到你，怎麼辦？

那是我貝比時的牙齒，我紅嬰兒的記憶，現在你在哪裡？

乳牙，乳牙，你在哪裡？為什麼我找不到你？

是不是我已長大，你要遠離我而去？

長大的感覺很好很棒，可是你要離開我，我怎麼辦？

菀庭，菀庭，你已長大，不再需要我！

我要到那個更需要我的地方去，那是一個小嬰兒的家

他要長牙齒了，所以我就「飛過去」了！

你的乳牙變成他的乳牙，我又可以喝ㄋㄟ！ㄋㄟ！了！

謝謝菀庭，謝謝菀庭，你不要再找我，你已長大！

我會在那裡祝福你！乳牙，乳牙，敬上

大鳥老師2009.09.12.18:20　於文昌小屋

🐦 生活故事二則／吳佑翔

爸爸：「我好想你跟我去爬山。」

老大：「我好想不跟你去爬山。」

爸爸：「我給你100元，你跟我去爬山。」

老大：「我給你100元，你不要叫我跟你去爬山。」

爸爸：「……，我找弟弟好了。」

弟弟（頭蒙在棉被中）：「自暴自棄中，請勿打擾！」

爬山早起，每個人發兩個小籠包在車上吃。

大家睡眠不足，半睡半醒，安靜的啃著早餐。

忽然後座傳來聲音，佑佑對著小籠包很正經的說：

「你的哥哥已經被我吃掉了，現在輪到你了！」

原來我們今天都成了包子殺手。

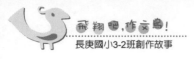
🐦 小房子搬新家／潘芸柔

小房子本來住在山林中，有許多動物朋友，過得很快樂，但是有一天，災難來了！！！

工人用挖土機把小房子挖走，後來小房子被移到大都市，它好討厭那裡，那兒又是垃圾，又是廢氣，它還要忍

受其它大豪宅、大房子的嘲笑，小房子真的受不了了。

有一天，小房子正在睡的時候，突然有一隻怪手朝它過去，小房子嚇壞了！！可是，它還是被挖走了。

等到小房子醒來時，它眼前的景象不再是那些大馬路、大房子，竟是以前的山坡、草地，它身旁還有那些小兔子、小羊、小鳥等的小動物，小房子好開心，因為，它回到了它真正的家。

🐦 小房子搬家／陳聖哲

有一個小房子住在山上，它有很多朋友，例如：兩隻小鳥、松鼠、野豬、兩隻兔子、羊和刺蝟，他們玩在一起，小房子很開心。

它原來住的山上漸漸被蓋成都市，小房子的好朋友也不見了，它很不喜歡住在這個都市，因為它每天都要忍受著車子開過的噪音和大房子的嘲笑，他好想念以前的朋友。

有一天有一台挖土機把小房子移除了。這個都市小房子，很擔心他會被搬到什麼地方去，是不是還能再看見它的好朋友。

最後挖土機把小房子移除到一個比以前更美麗的山上，它的好朋友都回來了，還多了一些朋友，小房子好開心，它好喜歡這個地方。

🐦 星期天╱陳聖哲

今天是一個陽光普照的日子，我吃完早餐把功課寫完以後，就跟朋友出去玩了。

我首先跑步熱身，我一馬當先的跑到第一，跑完以後就開始打籃球，我們打到汗流浹背後才回家，一回到家就肌腸轆轆，正好媽媽煮完香噴噴的飯菜，讓我垂涎三尺。

這個星期天真是快樂，令人回味無窮。

🐦 美國奇遇記╱周倢妤

爸爸因為工作的關係，調到美國上班。因此，我和弟弟還有媽媽每年寒暑假都會到美國住一陣子。

今年寒假正逢過年期間，爸爸準備要帶我們到賭城——拉斯維加斯玩。我一聽到就飛快得去整理書包，看看有什麼東西要帶到賭城去。

要去賭城的這一天終於來臨了，我們興奮得不得了。到了機場後，通過安全檢查，終於坐上了飛機。飛機要下降時，看到下面有好多雪山，一片片白白的，根本看不到其他顏色，真是美極了。

下了飛機之後，只見五花八門的機器，我跟弟弟剛開始都以為是電動玩具。可是後來聽爸爸說那些都是大人玩的賭博機器。我都快嚇死了！連機場到處可見賭博的機器，難怪才叫「賭城」，真是名副其實。

到了旅館，我們把東西放下後，就去吃晚餐。當我到大廳時，看到好多兔女郎和好多好多的賭博機器。我愈看愈覺得恐

怖，一邊想：「為什麼之前還會那麼想要來這裡？」

　　還好隔天，我們去了一個叫做「米特湖」的地方玩。那裡有以前印地安人刻的字。因為印地安人當時把字刻在紅石頭上，而且附近的石頭都是紅色的，所以又叫「火紅村」。

　　這次的旅程不但讓我學到不少知識，也讓我渡過了一個快樂的假期，希望下次還有更多機會到世界各地，吸收知識增廣見聞。

大鳥老師愛的說明

健好開學時沒趕上說相聲表演，所以寫了這篇文章！也讓我們知道賭城的一些點滴。謝謝健好的用心。

柒・以平的作文課

我的學校

　　我是長庚國小的學生，我的學校在桃園縣龜山鄉長庚醫護新村。

　　一進校門，會看到長滿花草樹木的操場，操場旁邊有教導處、總務處、一年一班、一年二班和一年三班，上樓會看到圖書館和二年一班到二年三班的教室，再走到樓上，就是三年級到五年級的教室。

　　我喜歡我的學校，希望可以天天去學校。

老師講評：

1. 文章的分段很合適，注意每一段的開始都要空兩格。
2. 中段把學校各處室所和教室的分布位置介紹得很清楚很好
3. 校園中應該還有別的有特色的地方，都可以介紹一下。

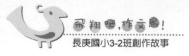
🦊 狐狸孵蛋

　　森林裡有一隻狐狸。有一天，牠的肚子餓了，到處找東西吃。牠在河邊草叢裡東翻翻，西找找，竟然看到一個大鴨蛋。狐狸一個建步跳上去，把蛋抱住，迫不急待的要放進嘴裡。這時，腦袋裡有個聲音說：「你想吃鴨蛋，還是肥嘟嘟的小鴨子呢？」

　　狐狸決定把鴨子孵出來，再大吃一頓。牠一屁股坐在蛋上，但是立刻又跳起來，牠想：如果這樣孵的話，蛋會不會破呢？於是狐狸把蛋孵在鼻子上，突然蛋殼裂開了，狐狸好高興，當牠準備要吃的時後，牠想：如果有一隻大鴨子吃，那有多好。於是狐狸決定等鴨子長大再吃。

　　一天又一天的去鴨子終於長大了。

　　狐狸決定吃掉了。

老師講評：

　　1. 你的想像力發揮得真好創意十足呢

　　2. 是不是時間不夠，因為結尾有些簡略，好可惜喔！

🦊 小故事大道理

　　有一天，菜農張阿土在挖土的時候，挖到了一個仙罐，這個仙罐如果把一個東西放進去，就會變出一百個，阿土得到了，就去幫助有需要的人。

　　這件事被趙財主知道了，趙財主帶了一群家丁把仙罐搶走了，縣老爺搶占仙罐後，得到的後果是掉進仙罐裡了。

　　我覺得張阿土是一個很善良的人，因為張阿土熱心幫助別人，我對趙財主搶走了仙罐的看法是趙財主的做法是不對的，因為他可以向阿土借仙罐，縣老爺的做法更是不對，因為他也可以向阿土借。

　　我覺得阿土是一個熱心的人，我們可以學習這一點。

老師講評：

　　1.　好棒喔！能掌握學習的重點，寫出故事中的道理，寫出自己的見解，好棒？可以唸給大家聽嗎！

🐾 愉快的旅行

　　有一次，我們一家人跟著愛旅行的小叔叔去日本玩，到日本的第二天，爸媽帶我和弟弟妹妹去好玩的迪士尼樂園。

　　首先我們先去玩小小世界，小小世界是用幾艘小船來載我們繞一圈，裡面有許多可愛的娃娃正在唱歌跳舞和玩遊戲呢！玩完一次，我和弟弟妹妹都想再玩一次，但是爸爸不答應說要先玩雲宵飛車才行。所以我們就先去玩雲宵飛車。

　　當恐怖的雲宵飛車開動的時候，我覺得好恐怖，一直叫弟弟抓緊，下車時我早就已驚嚇得手腳發軟，我下次都不敢坐了。

老師講評：

　　1.　這篇文章少了一個結尾，要回到主題，說出對這次旅行的看法或感覺，文章才完整。

🐦 家人的嗜好

媽媽的嗜好是看棒球賽，只要一有空，就用「超音速」跑去電視機前打開電視開著，等聽到精彩的時候，再衝去看。

爸爸的嗜好跟媽媽一樣，但是爸是一打開電視就像有雙面膠黏住一樣一直坐那裡，等一局結束，他才用比烏龜慢的速度走回去。

妹妹的嗜好是看書，功課一寫完，就立刻跑去看書，她看書的速度超快，連兔子跑的速度和弟弟跑的速度都比不上她。

我們全家有一個共同的嗜好，就是聽音樂，當我和弟弟妹妹一上車就搶著聽音樂，有時候，我們一起聽。

我覺得每個人的嗜好都不同，所以要尊重他人的嗜好。

老師講評：

1. 文章寫清楚了家人的嗜好，是不是忘了寫弟弟和你自己啊？
2. 結尾要分開才正確。

🐦 大自然的合唱團

世界是一個大合唱教室，風啊、雷啊、雨啊都盡情表演著拿手音樂。森林裡的動物也使出本事，一起唱著、叫著，好熱鬧啊！

風心情好時，……，真是討厭啊！

雷大哥想嚇嚇膽小的人，於是「轟隆！轟隆！」的打雷，果真，許多小孩都被嚇到「哇！哇！」大哭。

雨弟弟也來湊熱鬧，就在每戶人家的屋簷上「咚！咚！咚！」的打鼓。

森林裡的動物們一看見「唏哩！嘩啦！」的雨下了起來，便一一的跑回自己的槽裡，只有青蛙和蝸牛一起大叫：「我們來了！青蛙在荷葉上「呱！呱！」的叫著，蝸牛「窸窸！酥酥！」的吃葉子！

森林真是熱鬧，自然的音樂，真好聽，你想不想也到森林玩呢？

老師講評：

1. 以平很有想像力，寫得很好呢！能運用聲音來寫作，很生動的文章。

誰是果樹的好朋友

秋天到了，果樹結了很多的果實，八哥鳥來了，就讚美它說：「多麼英俊的樹呀！」

果樹一時高興，就邀請八哥鳥在這裡住下來。後來，畫眉鳥也讚美它說：「多麼美的果實，一定很好吃。」果樹也很高興，說：「你要果實，儘管吃吧！」

啄木鳥來也了，牠在果樹上東啄啄，西敲敲，果樹覺得很疼，叫啄木鳥走，但是啄木鳥說：「你的身體有一條蟲，如果不把它除掉，你會生病的。」，果樹很生氣的叫啄木鳥走。

不久，果樹果然生病了，樹葉變黃、掉落，枝條也枯了。八哥和畫眉都離開了。啄木鳥知道後，又回來幫樹除蟲，牠不管樹怎麼叫痛，還是一直啄，終於把蟲除掉了。

　　果樹這才知道，不是讚美我們的人，是我們的好朋友，而是會幫你找出你的缺點，而且教你改的人，才是我們的好朋友。

老師講評：

　　1.　以平能掌握本文的主旨相當不錯。

　　2.　不過第四段漏了一部份的「對照組」有點可惜。

🐦 我愛上學

　　我最喜歡上學，因為可以上閱讀課、英語課、音樂課。

　　每天上閱讀的的時候，我們班一到圖書館就搶著拿插書卡，每次都擠得水泄不通。有時，老師也會叫我們寫閱讀記錄簿，老師說我的閱讀記錄簿可以寫好一點。

　　我也很喜歡上英語課，英語老師常出一些對我來說比較簡單的功課，像生字和句子各寫三遍。上英語課時，老師也會和我們玩一些遊戲。

　　音樂課也是我喜歡的課程，音樂老師會教我們吹笛子和怎麼抓拍子，音樂老師也會教我們唱歌，真好玩。

　　上學真好玩，因為不但可以學到很多知識，也可以交到很多朋友。上學，真好玩。

老師講評：

　　1.　以平能敘述自己喜歡上學的理由，相當好。

　　2.　尤其結尾能配合題目，很好。

🖋 我的娃娃

我有一個小娃娃，這個娃娃是我還是小baby的時候，媽媽買給我的。

這個小娃娃的衣服、圍巾、枕頭、……，都是粉紅色的。它的眼睛是淺藍色的。我從小到現在都一直抱著它。小時候，睡覺時，都需要抱著它，才睡得著。

我第一次去上學時，我不想離開媽媽，於是，我就帶著我的小娃娃去上學。上學時，我不高興，我會抱著我的小娃娃，自己玩。我傷心的，我也會抱著小娃娃哭，等老師或爸媽來安慰我。

這個娃娃已經陪我七、八年了。但是，我還是很喜歡它。

老師講評：

1. 想必這個小娃娃對以平來說一定很重要，七八年了你始終帶著它，相信感情也很深厚。
2. 三年級了盡量再多閱讀可以增加內容。

🖋 看病記

記得，一個風和日麗的下午，媽媽帶弟弟、妹妹和我一起去上英文課。在上英文課時，我一直聽到妹妹跟英文老師說：「I can't see it.」

下課後，我把這件事告訴媽。媽媽聽完了，趕緊帶我們三個到診所去檢查眼睛。到了診所，看見醫生穿著白色的服裝，身材有一點瘦。看著他忙進忙出，一下幫我檢查視力，一下幫我……。

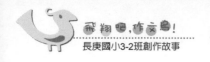
最後，穿著白色服裝的醫生跟媽媽說：「以平和以德沒有近視，只有以恩有。」醫生還告訴妹妹，以後看書看到二十分就要先休息十分鐘。醫生說完了，還送我們小貼紙。我覺得，這位醫生真好，會跟我們講怎樣才不會近視。

老師講評：

1. 以平是因為妹妹而一起去檢查視力的，題材很特別。

一條常走的路

我家門前的小路是我最常走的路。我常常走這條路上學，一邊走，一邊欣賞路邊的花兒和大樹，但是有時太晚出門去上學，所以，我就只能匆匆忙忙的走去學校。

一大早，太陽慢慢的升起，叫醒了我和正在睡夢中的路，我趕緊穿上學校的制服，背著書包，慌慌張張的出門。一路上，踫見了同班同學和之前二年級的同學。看見大樹的樹枝正在跟我揮揮手，花兒們也正在跟我微微笑，讓我更開心了。

傍晚，跟著自己的好朋友一起走回家，我們沿路欣賞著特別的花朵。不知不覺，已經接近傍晚了，這一條小路看起來也快要睡著了，感覺不像早上那麼的熱鬧了。

老師講評：

1. 以平走在這條長走的路上，一定是充滿了和樂溫馨的感覺，能遇見同學一起走，真幸福呢！

第五篇

大鳥加油站

 壹‧孟母三遷

大鳥老師愛的叮嚀 ‧‧‧‧‧

在我們的成語故事課本裡有一篇關於「孟母三遷」的故事，有一個選擇題題目問到：「孟母總共搬了幾次家？」答案是二次，很多小鳥問道那為什麼叫「孟母三遷」？三遷不就是三次嗎？這是一個很好的問題，「三」這個字學問可大呢！現在我們就來研究研究吧！

三表多數或多次的。例如舉一反三、三番兩次、一問三不知。「孟母三遷」是說孟子的媽媽為了給孟子一個良好的學習環境，搬了幾次家。這句成語也可以用來形容現在的爸爸媽媽為了要給孩子選擇好學校，也是搬來搬去，我們就說「孟母三遷」。在我們的成語故事書裡，孟子最先是住在墳墓旁邊，孟子就跟著人家學習送葬一面哭一面拜。孟母覺得這樣不行，就搬家搬到市場邊，孟子就學人家買賣討價還價，孟母覺得這樣也不行，於是又搬家，這一次搬到學校旁邊。於是孟子就學上學讀書，孟母就不再搬家了，所以以課文來看孟母是搬了二次家，但成語用「孟母三遷」來形容孟母為了孟子的求學環境，搬了好幾次家的意思。

「三」的使用很廣，凡是不清楚幾次但表示好多次，我們都用「三」來表示。這一點小鳥們要記得！例如我們常說：「貨比三家不吃虧」、「三人行，必有我師焉！」、「三令五申」、「三長兩短」、「三頭六臂」、「三思而後行」、「三句不離本行」、「士別三日，刮目相看！」、「一日不見，如隔三秋」等等。

還有很多「三」的用語就等小鳥們自己去查字典找答案吧！

孟子的故事（摘自網路）

　　孟子是中國歷史上偉大的學者。我們尊稱孔子為「至聖先師」，而稱他為「亞聖」。「孟母三遷」也是千百年來大家熟悉的故事。

　　孟子名軻，字子輿，是戰國時代鄒國人。鄒國的舊址就在現在山東省鄒縣東南方。他大約生於西元前三七二年到西元前二八九年之間。是孔子孫子子思的再傳弟子。

　　孟子幼年父親就去世了，全靠他那位賢淑的母親扶養他長大。他母親的賢淑，在我們中國的社會上，流傳有「孟母三遷」和「斷機教子」的美談。

　　孟子在母親的教育下，用功讀書，學成以後以孔子的繼承者自任，招收弟子，並且遊歷列國，宣揚「仁政」、「王道」的主張。他到過齊、宋、魯、滕、梁等國，見過梁惠王，齊宣王等君主。雖然受到了尊敬跟禮遇，可是因為被認為思想保守，不合當時潮流，又沒有得到重用。只有滕文公曾經試圖推行他的政治主張，可是滕是一個很弱小的國家，朝不保夕，對於孟子宏偉的規畫，沒有能力全面性的去實施它。

　　到了晚年，孟子只好回鄉講學，和他的弟子萬章，公孫丑等，從事著書的工作，寫成了「孟子」七篇。它的篇目是：梁惠王、公孫丑、滕文公、離婁、萬章、告子以及盡心。由於每篇的分量很多，又分成上、下兩篇，因此全書共有十四卷，孟子的言

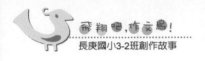
論和事跡差不多都保存在這七篇之中。

孟子是一位有智慧、心地善良、不與惡勢力妥協的人。小時候，他家住在墳場附近，常常看到一些送喪、埋葬的喪儀，便模彷起辦喪事來了，跟別的小朋友一起嬉戲的時候說：「老伴呀！你死了留下我一個人怎麼辦？」孟子的母親看到孟子這個情形便說：「唉！這裡不是教養我兒子的地方，我要搬家。」

後來孟母帶著孟子遷居到熱鬧的街市上，孟子天天看著別人做生意，便又學起商人做買賣的樣子來了！「趕快來買哦！趕快來買哦！最好的豬肉在這兒呢！」孟子的母親看見了又說：「這裡不是教養我兒子的好地方，還是再搬一次家吧！」後來他們搬到學校的附近，孟子天天看學生讀書，耳濡目染，很自然的就學起學生互相禮讓，認真讀書的模樣。他的母親看見了，很高興的說：「這裡才是我們永久居住的好地方！」

斷機教子（摘自網路）

孟子上學後不久，有一天母親問他：「你今天在學校學了些什麼？」「我不知道！」孟子答不出來！臉上卻沒有一點羞慚的樣子。母親憤怒的拿起一把刀，割斷了織布機正在編織的布匹，孟子驚訝的說：「娘，為什麼要把這個好好的布割斷呢？」孟母生氣地說：「一個人如果不肯好好研究學問，就跟這割斷的布匹一樣，再也沒有法子繼續織成一匹布了！你上了學校，卻又不肯好好讀書，那去了又有什麼用呢？」

　　自從受了母親的教訓，孟子就開始努力的讀書，終於成為一個大學者。可惜那個時候，正是周朝的末季，各個國家為了爭強，互相攻打，諸候需要的是懂得權謀，能夠為他們擴張土地，稱霸天下的人，而孟子卻堅持儒家的政治主張，不贊成打仗，希望各國國君用儒家仁義的精神，來治理國家，實行仁政。因此各國的國君都認為他的理論不切實際，紛紛拒絕了他。齊王說：「很抱歉，我的國家現在需要的是能夠幫我打勝仗的人！」梁王也對孟子說：「要我實行仁政？這可不是我現在想要的！」

　　孟子去了齊國、梁國，都不能獲得為國君做事的機會，他失望的想著：「唉！在這到處打仗的時候，要實現我的理想，恐怕是不可能的了，不如回去吧！」於是，孟子回到了鄒國和他的弟子公孫丑、萬章等人講義論道，宏揚儒家仁義的思想，並完成論述七篇。後代的人敬重他的人格和學問，尊稱他為「亞聖」。

　　孟子母親為了教養她的孩子，一再的遷居，終於找到一個適合孟子成長的好地方，她的苦心並沒有白費。孟子長大以後，果然成為中國有名的偉人，由此可見，一個人的成就除了靠他自己的努力，成長的環境也是非常重要的。

大鳥老師愛的回饋

小鳥們！大鳥要告訴大家，你們生長在長庚醫護新村真是幸福，這裡是學習成長的好地方，要好好把握學習的機會，涵養自己的學識、知識和宏觀的視野，將來長大做個對社會有貢獻的人物。大鳥也是學習「孟母三遷」的精神，搬遷了很多地方才來到長庚，這裡風景優美，環境清幽整潔，走入社區就讓人心曠神怡，真可謂人間仙境，我很慶幸自己來到這裡。又與你們相識，成為師生，真是很幸福！

 ## 貳‧善用字典錯字Say bye bye

大鳥老師愛的叮嚀

大鳥發現大家最常寫錯的錯別字有「的」、「得」,白邊的的和彳邊的得,其實只要在寫時稍為用心一下就不會錯了!最簡單的分辨方法是看前面的字是「名詞」或「動詞」,如果是「名詞」就用「的」,如果是「動詞」就用「得」。例如我的書、我的筆、桌子的顏色、書包的樣式等等都用「的」。我跑得快、他跳得高、吃得多、看得多、商量得多、寫得多等等,在動作後面都用「得」。大家要仔細分辨清楚。

另外還有一個最常錯的就是「時候」、「以後」、「後來」、「已經」。「以後」是指在特定的某時間或事件之後。例如:自從那次車禍以後,他再也不敢開快車了。「時候」是指時刻。例如遭遇緊急危難的時候,唯有處變不驚才能化險為夷。或是指某一段時間。例如小時候、古時候。

「後來」是指後到。例如:由於座位有限,後來的人只好站著聽演講。或是指過去某一時間後面的時間。例如:先前我們還有聯絡,後來就失去消息了。「已經」表示時間已過,或動作、狀況、事情在某時間之前完成。例如:一大清早,許多人都還在睡夢中,他已經端坐在書房中讀了不少書了。

還有很多常寫錯的別字,就不再多說了!總之,小鳥們要用心!避免寫錯字,可以經常翻閱字典,遇到有疑問趕快請教「字典先生」你一定會受益無窮喔!隨身帶一本字典讓你學習無煩惱喔!善用字典,錯字Say bye bye!

參‧閱讀是學習萬靈丹

大鳥老師愛的叮嚀

我們來看下面這一篇文章，從中具體了解閱讀與寫作的密切關係。大鳥也常常告訴大家閱讀除了提昇自己的寫作能力之外，更重要的是培養自己的語文解讀、辨識能力。例如有時候數學題目不是不會，而是有一些語文方面的問題沒有釐清，造成看錯題或會錯意，就容易造成錯誤的判斷，有了錯誤的判斷數學就容易出錯，所以閱讀不但能提升作文能力也能提升數學解題能力。另外閱讀也可以增廣見聞，豐富我們的經驗和人生，閱讀可以說是「萬靈丹」喔！你想不想吃下這一顆「萬靈丹」，讓自己的國語、數學、社會、作文——跟著進步啊！

為了解桃園縣國中八年級學生作文學習成就，桃園縣教育處模擬基測寫作命題方法，舉辦寫作能力測驗，今天公佈結果發現，女生的寫作平均成績優於男生，而閱讀6到10本課外書的學生平均成績最高，顯示多閱讀有助於寫作能力的提升。

今年桃園縣學生寫作能力測驗的作文題目是「愛的叮嚀」，共有60校2萬8千多名八年級學生受測。成績比照基測分為6級分，由師大心測中心負責基測作文閱卷的核心教師洪美雀擔任這次閱卷的總督導。測驗結果顯示，受測學生中以4級分的人數最多，占總人數的4成。而從去年加入「學生課外書籍閱讀總量」這個分析變項也顯示，完全不讀課外書的學生和閱讀6到10本課外書的學生，平均成績相差1級分以上。

桃園縣教育處數位教育科科長蔡聖賢表示，多閱讀可以幫助思考，也可以從中學習作家如何寫作佈局。另外，女生平均寫作級分為3.69級分，優於男生的2.92級分，蔡聖賢認為，這可能和反映出女生比較喜歡從事閱讀。

桃園縣目前也大力推動閱讀，大量採購圖書，每個學生平均可以分到40本書，也鼓勵學生和同學交換圖書，推展閱讀的風氣。

（2008/5/14下午05:44:39／簡志維）（此文摘自網路）

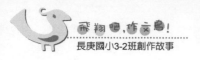
好巧！今年他們的作文題目就叫「愛的叮嚀」，大鳥把這一篇文章拿來大家閱讀，是希望大家能了解閱讀真的真的能幫助我們學習，提升我們寫作能力！我知道小鳥們都很喜歡閱讀，大鳥很欣慰，但是大鳥要提醒大家不要在昏暗的燈光下閱讀，還有就是老師上課時也不要偷偷的看書，看書是一件很棒的事情，但是如果上課偷看書，不但你的眼睛會受影響，你也無心聽老師上課的講解，還是要盡量避免比較好！

數一數我們在一起的日子，快接近一年了，這學期只剩下一個月多一點的時間，我們要做的事情好多：要出一本書、要出幾本繪本、要辦理新書發表會、要比賽健康操，當然也不能因為這樣就忽略了我們的功課。還有最重要的一點，升上四年級大鳥要指定一些閱讀書目讓小鳥們閱讀，從下星期一開始我們先從閱讀「閱讀心得寫作王」開始共讀一本書，學習閱讀心得如何寫？我相信讀完這本書之後，你寫起閱讀筆記就更能得心應手了！大家加油喔！

008.05.16小鳥去上自然課大鳥在教室的電腦桌前完成

肆・有獎徵求「找碴高手」

大鳥老師愛的叮嚀 • • • • • • • • • •

這本著作是大鳥和小鳥的作品大雜燴，沒有什麼高深的學問，只是把大家在一起吵吵鬧鬧嘰嘰喳喳的日子留下一個紀錄，其中因為有的字是大鳥打的、有的字是小鳥打的，難免會有錯誤。因為截稿時間迫在眉睫，無法一一再仔細訂正，所以一定會有很多地方錯字連篇，或是用了不對的成語或美詞佳句，所以我們來玩一個遊戲，看完這本書請你完成下面的學習單，完成之後請來大鳥這兒核對答案，如果你全部答對了！就送你一份厚厚的禮物！

另外我們也徵求偵錯小偵探——「找碴高手」，只要你找出這本書的錯誤——不論是錯字或詞句我們就給豐盛的「稿費」，找出一個錯字就給0.5元稿費，找得越多稿費領得越多，歡迎大家多多來找碴！看誰是「找碴高手」，讀書還可以領稿費，真是太棒了，世界上只有天堂鳥樂園才有這樣的「好康」，歡迎大家一起來成為「找碴高手」，一起來尋找「好康」。

小鳥們問：「只有我們才能找嗎？」當然不是，只要是我們的讀者，不論是小讀者、大讀者都可以來參加這個活動。讀者就是花錢買書的讀書人，只要他買我們的書，他就是我們的讀者，就有資格參加我們這個有獎徵求「找碴高手」的活動。

歡迎大家踴躍參加「找碴高手」活動，祝福大家找得多！領得多！快樂得多！

2008.05.16

長庚國小3-2班班書閱讀——小鳥嘰嘰喳喳學習單

1. 請先做個簡單自我介紹：如你的姓名、住在那兒？今年幾歲？讀什麼學校等等……

2. 沒想到這本班書居然寫到十萬字，儼然一部大著作，如果加上大鳥的著作，總計應有三十一位作者（含調校的康芝瑀），請問你知道每人平均大約寫幾個字嗎？請把計算方法及答案寫在下面的空白處。

3. 你最喜歡這本書裡的哪一篇文章？為什麼？

4. 你覺得這本書的書名好嗎？如果是你你會把這本書取一個什
　　麼樣的書名？（這一題沒有標準答案，只要言之有理，就算
　　答對！）

「找碴高手」偵錯單

我找到下面幾個錯別字：

1. 第＿＿＿頁第＿＿＿行的＿＿＿＿字錯了，應該改為＿＿＿＿才對。

2. 第＿＿＿頁第＿＿＿行的＿＿＿＿字錯了，應該改為＿＿＿＿才對。

3. 第＿＿＿頁第＿＿＿行的＿＿＿＿字錯了，應該改為＿＿＿＿才對。

4. 第＿＿＿頁第＿＿＿行的＿＿＿＿字錯了，應該改為＿＿＿＿才對。

5. 第＿＿＿頁第＿＿＿行的＿＿＿＿字錯了，應該改為＿＿＿＿才對。

6. 第＿＿＿頁第＿＿＿行的＿＿＿＿字錯了，應該改為＿＿＿＿才對。

7. 第＿＿＿頁第＿＿＿行的＿＿＿＿字錯了，應該改為＿＿＿＿才對。

8. 第＿＿＿頁第＿＿＿行的＿＿＿＿字錯了，應該改為＿＿＿＿才對。

9. 第＿＿＿頁第＿＿＿行的＿＿＿＿字錯了，應該改為＿＿＿＿才對。

※ 我總計找到＿＿＿＿＿個錯別字，每個字我可以得0.5元稿費，我
總共可以得到＿＿＿＿＿元稿費。
（如果本頁不夠用，可以自行影印使用）

※ 領取稿費聯絡電話：0938069335／大鳥老師

國家圖書館出版品預行編目

飛翔吧,作文鳥!:長庚國小3-2班創作故事 / 陳

彩鸞編著. -- 一版. -- 臺北市:秀威資訊

科技, 2008.06 面; 公分. -- (語言文學類;PG0188)

ISBN 978-986-221-032-1(平裝)

859.7   97010902

 語言文學類　PG0188

飛翔吧,作文鳥!
——長庚國小3-2班創作故事

作　　　者/陳彩鸞
發　行　人/宋政坤
執 行 編 輯/林世玲
圖 文 排 版/林蔚靜
封 面 設 計/莊芯媚
數 位 轉 譯/徐真玉　沈裕閔
圖 書 銷 售/林怡君
法 律 顧 問/毛國樑　律師
出 版 印 製/秀威資訊科技股份有限公司
　　　　　　台北市內湖區瑞光路583巷25號1樓
　　　　　　電話:02-2657-9211　傳真:02-2657-9106
　　　　　　E-mail:service@showwe.com.tw
經　銷　商/紅螞蟻圖書有限公司
　　　　　　台北市內湖區舊宗路二段121巷28、32號4樓
　　　　　　電話:02-2795-3656　傳真:02-2795-4100
　　　　　　http://www.e-redant.com
2008 年 6 月　BOD 一版
定價:360 元

讀　者　回　函　卡

感謝您購買本書，為提升服務品質，煩請填寫以下問卷，收到您的寶貴意見後，我們會仔細收藏記錄並回贈紀念品，謝謝！

1. 您購買的書名：_____

2. 您從何得知本書的消息？

　　□網路書店　□部落格　□資料庫搜尋　□書訊　□電子報　□書店

　　□平面媒體　□ 朋友推薦　□網站推薦　□其他_____

3. 您對本書的評價：(請填代號　1.非常滿意 2.滿意 3.尚可 4.再改進)

　　封面設計____　版面編排____　內容____　文/譯筆____　價格____

4. 讀完書後您覺得：

　　□很有收獲　□有收獲　□收獲不多　□沒收獲

5. 您會推薦本書給朋友嗎？

　　□會　□不會，為什麼？_____

6. 其他寶貴的意見：_____

_____

_____

_____

讀者基本資料

姓名：_____　年齡：_____　性別：□女 □男

聯絡電話：_____　E-mail：_____

地址：_____

學歷：□高中(含)以下　□高中　□專科學校　□大學

　　　□研究所(含)以上 □其他_____

職業：□製造業 □金融業 □資訊業 □軍警 □傳播業 □自由業

　　　□服務業 □公務員 □教職　□學生 □其他_____

To：114

台北市內湖區瑞光路 583 巷 25 號 1 樓

秀威資訊科技股份有限公司　　收

寄件人姓名：

寄件人地址：□□□

（請沿線對摺寄回,謝謝!）

秀威與 BOD

BOD（Books On Demand）是數位出版的大趨勢,秀威資訊率先運用 POD 數位印刷設備來生產書籍,並提供作者全程數位出版服務,致使書籍產銷零庫存,知識傳承不絕版,目前已開闢以下書系:

一、BOD 學術著作—專業論述的閱讀延伸
二、BOD 個人著作—分享生命的心路歷程
三、BOD 旅遊著作—個人深度旅遊文學創作
四、BOD 大陸學者—大陸專業學者學術出版
五、POD 獨家經銷—數位產製的代發行書籍

BOD 秀威網路書店：www.showwe.com.tw
政府出版品網路書店：www.govbooks.com.tw

永不絕版的故事・自己寫・永不休止的音符・自己唱